문학과지성 시인선 368

시간의 동공

박주택 시집

문학과지성사

문학과지성사에서 펴낸 박주택의 시집

카프카와 만나는 잠의 노래(2004)
또 하나의 지구가 필요할 때(2013)

문학과지성 시인선 368
시간의 동공

초판 1쇄 발행 2009년 11월 5일
초판 2쇄 발행 2015년 7월 1일

지 은 이 박주택
펴 낸 이 주일우
펴 낸 곳 ㈜문학과지성사

등록번호 제1993-000098호
주   소 121-894 서울 마포구 잔다리로 7길 18(서교동 377-20)
전   화 02)338-7224
팩   스 02)323-4180(편집) 02)338-7221(영업)
전자우편 moonji@moonji.com
홈페이지 www.moonji.com

ⓒ 박주택, 2009. Printed in Seoul, Korea

ISBN 978-89-320-2002-0

문학과지성 시인선 368

시간의 동공

박주택

2009

시인의 말

나는 내 몸을 죽여
가는 화살촉으로 날아가고 싶었다.

2009년 11월
박주택

시간의 동공

차례

제4부

제1부

폐점

문을 닫은 지 오랜 상점 본다
자정 지나 인적 뜸할 때 어둠 속에 갇혀 있는 인형
한때는 옷을 걸치고 있기도 했으리라
그러나 불현듯 귀기(鬼氣)가 서려오고
등에 서늘함이 밀려오는 순간

이곳을 처음 열 때의 여자를 기억한다
창을 닦고 물을 뿌리고 있었다
옷을 걸개에 거느라 허리춤이 드러나 있었다
아이도 있었고 커피 잔도 있었다

작은 이면 도로 작은 생의 고샅길
오토바이 한 대 지나가며
배기가스를 뿜어대는 유리문 밖

어느 먼 기억들이 사는 집이 그럴 것이다
어느 일생도 그럴 것이다

문득 나무 그늘 아래 저녁 눈 내릴 때

이 거리, 노래가 되다 만 빛들이
갈 곳을 잠시 잃어 가야 할 곳을 찾지 못한 사람과
섞인다
천천히 길들 나무들의 눈빛에 힘입어 길게 뻗어 있
음을
자랑한다, 길을 노래하는 자 불행했다
기적을 기대하는 자 나무 그늘 아래 잎사귀에 덮
이고
무엇이 되고 싶었던 자 모자를 무릎 위에 얹은 채
자신의 차례에도 입을 다문다, 저녁 눈 내리고
함부로 어깨를 부딪는 저녁 눈 내리고 이제 더 없이
자신을 불러줄 사람을 찾지 못할 때
어느덧 이것이 생의 하루가 아니라
생의 전부가 될 수 있다는 것을 깨달았음에
길은 구부러진다, 이제 어디론가 향해 걸어가는
것은
길이 시작된 그곳으로 돌아가는 것이며
다시 돌아가는 그 길로 걸어갈수록

자신이 가야 할 곳과 가까워졌음도 깨닫는다
저녁의 함박눈 내리고 헤매임 가운데 만난
빛 하나 호흡을 불어 만든 눈빛을
물 위에 풀어놓는다

저수지에 비친 시

오래 살던 곳을 되짚는 일이란
잠든 망각을 그리움으로 완성시키는 것
현재의 자신과 과거의 자신이 싸우며 나지막하게
떠는 것
지붕이 타오르고 있었다
저곳이 원적이란 말인가
지문이며 우물이며 교회며 발자국 뒤로 저벅여오는
온갖 것들의 귀(鬼)스러움이며 순간적이지만 자루
에 묶여 있는 숨들

뿌리를 만질 때 굴뚝 연기가 나오는 것을 본다
푸른 눈동자였다 그때는 무엇이 숲 사이로 오는가
빛이 흐려지고 돌아오는 것들의 산발치에서
후루룩 여우가 일어서는데
발목부터 뻗어 오르는 관목이 있다면
탄식부터 멸망시켰어야 하리라
산중에 도사리고 있는 뱀과 같이 노을은 저물고
저녁을 덮는 물은 교회의 망루에서

저수지에서 서성대는 숨을 향해
계명을 외우라며 비명을 지른다

자작나무 숲은 여기서 멀고

영혼을 저녁에 가둔 사람, 걸어가네
낮과 밤이 섞이며 진눈깨비 내리고
우산 없는 가로수 밤의 우울한 노래를 게워내네
죽음과 싸우기 위해 펄럭이는
바로 그곳으로부터 누군가 숨 가쁘게 계단을 오르고
기억의 비린내 속으로 한 사내 내려가네, 숨결은
흩어지고
　막 생명이 태어난 듯 애인들, 팔짱을 끼고
　서로의 배 속으로 들어가네, 비가 눈과 섞이며 진
눈깨비로
　퍼붓는 저녁, 자작나무 숲은 여기서 멀고
　구두는 길과 싸우면서 두려움을 만든다
　저녁의 저 윤곽들, 나서 한시도 자신을 결정하지
못하여
　두통 없는 몸에 가 닿으려고 할 때
　생애 가장 길었던 오늘은 어떻게 기록될 것인가
　이별의 끝으로 이파리 져 날짜들의 지붕을 덮고
　가로수 어둠에 밴 물을 토해낼 때

저녁을 가둔 영혼, 사내의 몸에서
빠져나와 윤곽 밖에 있는 빛으로 가네
진눈깨비 내리네, 등을 구부린 사내
흐르는 뺨으로 떨다
멀리 진눈깨비 속에 갇히네

물방울들의 후예

저 유적들, 빗방울들 내는 소리를 들어보라
작고도 가냘프게 살아 있음을 증거하며
땅을 한 번씩 흔들다 사라진다, 그러나 그 물은
다시 나무들의 뿌리에 가 닿지 못하고 혀의 틈새로
사라진다 이것이 더 나은 삶을 꿈꾸었던 것이라면
나무에서 뽑혀 나온 사내만이 떠가는
흐린 발자국으로 떠가는 것이라면
자신의 처지에 저항하지 못한 자들도
살아 있을 때의 순간들을 후회해야 하리라

바퀴들이 핏대를 올리며 굴러간다
피의 혈관에 스며드는 물방울들을 튀기며
제각기 모퉁이를 돌아간다, 적나라하게 혹은
더 깊은 소리를 내며 날개를 튀기며 잿빛 구름이
만들어내는 길 속으로 부풀어 오른다

여기 오래 땅에 닿지 않는 발들이 모여 있다
그 발들은 푸르거나 붉어서 닿지 않음을

항거하고 수많은 차이가 운명을
앞지르듯이, 둥글고 가는 물방울들만이 자욱한
날짜 앞에 제 얼굴의 분장을 지운다

헛배 불러오는 오후, 또는 좁은 거리
하늘이 텅 빈 몸을 드러내며 자궁을 드러낸
여인처럼 회임의 세월에 몸을 구겨 넣을 동안
비는 천천히 구르고 흔들리며 사라지는
거리의 간판들도 몸도 없이
가지 말아야 할 길을 향해 천천히 흘러간다

강남역

그리하여 시간이란 계급을 재편성하는 과정이란
느낌이 들 때
　햄버거는 입속에서 혈관을 터뜨리고 커피는 저녁
처럼 어두워졌다
　순환하는 인간들, 청춘은 중년이 되고 또 다른 청
춘은
　이곳을 가득 메우며 노년에 이르게 됨을 눈치채지
못한다
　이십 년 전에도 그랬다, 포장마차가 즐비하던 자
리는
　고층으로 새를 부르고 검게 그을린 유리창에 잎사
귀를 부르지만
　저 싱싱한 다리는 아주 기분 나쁜 팔자를 만나
　저녁의 숙명에 흘러가는 것을

　화장품 상점에서 환한 빛으로 나오는 여자가 남자
속에서
　둥글어지는 여름이다, 땀내 무럭무럭 자라 보잘것

없음이

　　나의 나라라는 것임을 마침내 떠가며 알아갈 것이니

　　여름이란 이곳을 차지하던 그 누군가들이 부푼 육
체 속에

　　청춘의 찜통을 채우는 일이다, 편성된 계급에 기
대어

　　유리창 너머로 들리는 꿈의 찰칵거리는 소리에

　　혹독한 운명이 자신의 것이 아니라고 부인하지만

　　평화가, 평화가, 나의 국가에서 울려 퍼지는 것이
라고

　　저 시간은 벽 속에 도는 피에 빗대 저녁을 침묵시
킨다

그때 우리는 네거리에 있었다

우리들은 거리에서
바람이 어느 쪽으로 부는가를 가늠하고 있었다
공중에 떠 있는 달
하얀 시간 우리들은 서로가 서로에게 뿜는 눈빛이
두려워
기억을 더듬는 것을 포기하고 있었다
가을이 기억에 단풍을 들일 때에도
우리는 네거리에 있었다

잘 가라고 시간을 얼러 잘 가라고
바람 부는 쪽을 향해 불어터진 울음이 가고
숲으로나 갔을까 그때 한번쯤은 눈빛을 불렀어야
했다
이토록 겨우 똑같은 말투에다 상상에 멀지 않은
발자국들 때문이라면 때때로 네거리에 서 있는
그림자를 불러 옷깃을 세워주었어도 좋았을 것을

그러나 어쩌했는가

어두운 말에서 자란 머리카락이 길고 긴 계단과 부
닥칠 때
여름은 주름에 섞여 발자국이 흐리고
여자들은 서둘러 화장을 지우며 늦은 잠 속으로 내
려가고
거리들은
몸을 바꿔 추억들을 씻는다

그때, 우리는, 네거리에, 있었다

배경들

나무와 문과 강물도 배경을 가지고
있을 것, 말속에 후편이 있듯이
앉은 자리 뒤로 꽃이 피거나 길이 나 있듯이
저 주저하는 책과 한 올 연기와 열쇠들도
배경을 가지고 있을 것,
숲 속의 두 갈래 길로 눈이 내리고
가을비 추적추적 내리고, 그리하여
말도 자작나무 숲 속에 깊은 눈을 감출 때
멀리 환한 마을의 낮은 지붕들은
가지 않은 길의 배경이 된다*
배경의 후미로 열리는 문들
배경의 역사로 나 있는 길들
흰 손과 더운 피들
걸어온 길로 발자국의 배경이 된 술잔과 밤의 계단
이여
의자와 유리와 저 몸부림치는 문들은
모두 낮과 밤의 것들이다
쓰린 위벽으로 끼어드는 문장의 파동들은

다 생의 문양들이다
우두커니 앉아 창밖의 나무들을 바라보는
한 사람의 배경을 보라
나무의 배경과 겹쳐 황금빛 항아리를 만드는
저 결곡한 눈동자를 보아라

* 로버트 프로스트, 「가지 않은 길」

시간의 동공

이제 남은 것들은 자신으로 돌아가고
돌아가지 못하는 것들만 바다를 그리워한다
백사장을 뛰어가는 흰말 한 마리
아주 먼 곳으로부터 걸어온 별들이 그 위를 비추면
창백한 호흡을 멈춘 새들만이 나뭇가지에서 날개
를 쉰다
꽃들이 어둠을 물리칠 때 스스럼없는
파도만이 욱신거림을 넘어간다
만리포 혹은 더 많은 높이에서 자신의 곡조를 힘
없이
받아들이는 발자국, 가는 핏줄 속으로 잦아드는
금잔화, 생이 길쭉길쭉하게 자라 있어
언제든 배반할 수 있는 시간의 동공들
때때로 우리들은 자신 안에 너무 많은 자신을 가
두고
북적거리고 있는 자신 때문에 잠이 휘다니,
기억의 풍금 소리도 얇은 무늬의 떫은 목청도
저문 잔등에 서리는 소금기에 낮이 뜨겁다니,

갈기털을 휘날리며 백사장을 뛰어가는 흰말 한 마리
꽃들이 허리에서 긴 혁대를 끌러 바람의 등을 후려
칠 때
그 숨결에 일어서는 자정의 달
곧이어 어디선가 제집을 찾아가는 개 한 마리
먼 곳으로부터 걸어온 별을 토하며
어슬렁어슬렁 떫은 잠 속을 걸어 들어간다

여름 말 사전

여름이 갈 때 용서하자, 푹푹 찌는 더위가
등에 자꾸만 들러붙는 옷이 하루를 만들 때
생각이 들어앉을 틈이 없는 여름은 용서하기 좋을
때이다
여기, 가고 싶은 집이 그리움을 부르는 먼 거리에서
물결이 흘러서 간다 여름은 봄을 닮은 것이다
그렇지 않으면 어떻게 아무것도 읽지 않은 것이 펄
럭인단 말인가
거리에서 모든 것들에 힘을 입어 저 먼 길과 싸운
사람은
너의 집을 너에게 짓는 자리에 누워
지붕의 노래에 고요히 귀를 기울일 것이다
그리하여 아침이 나무 그림자를 받아들이고
평정을 다치는 일들이 미움을 이길 때
저녁의 식탁에서는 용서한 자와 용서받은 자들이
모여
여름의 가르침에 여름의 땀방울을 노래하리라

촉(觸)

하늘에 치솟는 바위
하늘에 닿아 가르침이라도 줄 듯이
일침이라도 놓을 듯이 직립으로
벼리어 허공을 고누어보고 있는 바위
분노, 저, 탱탱한 고요

아버지에게 그런 때가 있었다

저녁에게, 낮의 부른 배에게도
소리 없이 떠다니는 물방울들에게도
소리를 참은 때가 있었다

바다의 치켜 부릅뜬 눈
팽팽한 화살, 저 꼿꼿한 전체

가을 말 사전

빈 들에 서서 서서히 가라앉는 것을 본다
참 오랜만에 보는 하늘, 구름은 누가 보지 않아도
흘러가고
정처는 이토록 오래여서 그 무엇이 두려운 사람들은
서로의 이름 아래 모여 그늘을 만든다
영안실에서 새어 나오는 불빛처럼 우리가 쓸쓸하
고 그 쓸쓸한 우리가
풀의 망막 안에 흔들릴 때 불현듯 얼굴이 화끈거
린다

솔숲으로 걸어간 눈과 싸움에서 돌아온
젖은 머리칼을 기억한다, 이 모두는
기억하고 싶지 않은 것이다, 저 산 아래에 능선처
럼 굽은
눈빛과 싸우다 묻힌 사람의 혼령이
부질없음을 바람으로 불러 구름으로 흘러가게 하
는 날
여기쯤에서, 이쯤해서, 턱뼈의 상징과 혼자만의

것이
    아닌 발자국과 먼 잔바람으로 인해 가볍게 흩날리
는 잎사귀까지
    총탄처럼 뚫고 가라고 말했다
    지평으로 서서히 가라앉는 손가락을 가리키며
    좀더 낄낄거리라고, 구름이여 너에게 말했다

건물들

저 길에 차오르는 것들
겨울의 시큼한 땅을 딛고 생의 중심으로 차오르는
것들
북부간선도로에서 보았다, 강변을 향해 서 있던
건물들이 제 외로움을 견디지 못해 서로의 어깨를
기대며, 서로의 굴복에 눈감아주는 것을
단단히 서 있는 건물들, 하늘을 향해
열려 있는 창들 그리고 개심사나
부석사 어디쯤 꼿꼿이 서 있는 탑들

그 모든 것들의 견딤이 상처로 일어서는 밤
강변의 불빛이 제 쓰린 배를 강물에 부비고
눈보라 속에 제 얼굴을 묻다 새벽의
찬 공기 속에 사라지고 나면
밤을 견딘 건물들은 생의 중심으로 차오르는
슬픔과 연민 따위에 잔설처럼 시커먼 매연에 엉겨
붙는다

얼어붙는다, 그 자리 그 길 위에서
참았던 숨을 천천히 내뱉는다
그토록 제자리에 서 있던 날처럼
그토록 꼿꼿한 밤으로 주저앉는 밤처럼
망설임 없이 한낮의 유람선
강물을 질러가며
제 동작의 자랑스러움에 뱃고동을 울린다

붉은 책

붉은 책들, 오후에
굳은 표정으로 떠 있다
붉은 말들, 저녁에
제 스스로 분노해 있는 의자처럼 곧추선 채, 혀에
서 올라온,
배의 저 깊은 곳에서 껄끄럽게 만져지는
오랜 시간 속에서 올라온 뜨거운,
핏빛으로 이곳과 저곳, 이 눈과 저 눈 사이로 오가
는 붉은 말들
검게 그을려 탄내 나는 말들,
가슴을 후벼 파는 말에,
방금 또 누군가는 짓밟혀 눈물을 흘린다
비옷처럼, 만질 수 없는 녹슨 바람처럼,
물고기 꼬리처럼 허공을 떠다니다 바닥에 가라앉
는다
말이 수억 개씩 수천억 개씩 허공을 뛰어다니는 것
이 보이는가?
땅에 깔려 있는 수천억 개의 말이 무어라고 중얼거

리는가?

　말의 상자, 말의 고름, 말의 밤

　부스러진 조각처럼 흩어지다 다시 모여

　담벽을 타고 가는 담쟁이처럼 기어오른다, 불가에
지진 상처가 덧난

　지붕을 타고 오르며!

그러므로 바람의 수기를 짓는다

우리들은 또 이곳에서 바람의 주저함과
폭풍으로 변하는 힘과 옥상에 가라앉은 고요가
마음을 꾸미느라 끙! 하니 신음을 참는 것을 듣는다

먼 길에 우리를 떨어뜨려 놓고 고향은 어디를 가셨
는가
　여름은 오고 가을은 오고 무덤 뒷동산에 할미꽃은
피셨는가

　다가올 죽음 하나 병실에 누워 저주를 퍼붓다가 이
제 막 잠이 들고
　죽음보다 앞서 온 겨울은 술집을 어슬렁거린다
　저 죽음에 누군가 슬퍼하리라, 백야처럼 하얀 달과
　달의 길게 빼문 혀, 우리는 그것을 기껏 바람의 수
기라고 부른다
　그리고 천천히 대로를 걸으며 생각한다, 눈물에 가
라앉고
　불면에 고이는 것이 죽음의 전부라면

울컥 이 살아 있음이 송구스럽다

저 죽음이 덮일 것이다 무엇인가에 덮여 흙으로 돌
아갔다고도 말하고
하늘로 돌아갔다고도 말하리라, 그리고 저주가 자
탄으로 변하고
용서하는 말로 얼굴이 맑아질 때쯤 영안실 밖으로는

하얀 눈이 내려
슬프디 슬픈 아름다움을 완성하리라

여름들

내가 아파야 비로소 내가 된다
내가 아파야 비로소 별이 되고 강이 된다

햇빛 아래서 나무의 긴 지느러미는 반짝이고
덧문을 열고 차를 마시는 카페에 있는 사람들은
여기가 해변이다, 안면도 혹은 청산도쯤
갈매기는 날고 그 갈매기를 통하여 해변은
다시 태어난다, 저 치솟은 건물들은 사람들을
얼마나 많이 멀게 만드는가

입술을 찾아서 네거리를 지나는 낮은 노래들 아래
매미가 추방을 두려워하며 울 때 나무는 거만하게
매미 소리를 덮는다, 여름의 수염들, 허공들
수직을 향해 치솟은 미각들, 나는
나의 문집에 여름을 불러들이고 싶었다
추방이 두려운 매미처럼 소유라
부르는 모든 것들에 탑을 쌓고 싶었다, 기억하는가

네거리를 돌아간 여름의 옷자락에는 온갖 소유의
주석이 붙어 있다, 내가 아프니, 나를 열어줘, 햇
빛 아래서
상자들은 칭얼거리고 한 세대의 수염이 끝나
끝내 따라 부르지 못하는 노래들은
허공에 긴 뿔을 세운다

사형수들의 공작품

목각 인형, 팔리지 않고 먼지를 뒤집어쓴 저 생의
부조는 목쉰 적막에 번져 있다 떫은 잠에 빠져 있듯
이, 숨 끊긴 진열대 위에서 누군가의 손이 닿을 때까
지, 야윈 눈까풀을 구슬프게 끔벅거린다, 노란 벽에
비린 피가 돋도록 그리고, 마침내 점집 창처럼 먼지
는 흐느끼고, 점집 휘장처럼 마지막 새겨진 생의 부
조는 죽음을 옮겨 나르고 있다 저 목각은 사형수, 허
물의 거처 삐걱거리는 빗물의 의족 무거운 눈물의 벽
화 죽음을 옮겨 나르는 바람이 노래를 부른다 그림자
지팡이를 짚고 허우적허우적 흘러든다

제2부

이별가 1

곳곳이 꽃이고 곳곳이 꽃인데
그냥 가시렵니까, 집은, 달은 저만치서 헤매이고
눈썹마저 강으로 던져버리면
아무리 저문 문틀이라지만 벌레 끼어 웁니다
그러니 덤불에는 눕지 마시고 꽃가지 꺾어
꽃잎에 섞여 마른 빛으로 나십시오
고르고 고른 마음 모진 어둠을 갊을 때
먼 곳으로부터 잠이 옵니다
이것이 이별을 위하는 것이라면 새벽을 달래
강에 적시겠습니다, 곳곳마다 꽃이어서
잔가지만 하더라도 수북이 여기에 있는데
다만 울음을 멈춘 벌레를 따르렵니다
달이 비추는 길에 서 계시는 하얀 옷자락이시여

헌인릉 가서

소나무 길게 늘어선 헌릉 계단에 올라
한 점 티끌 없는 하늘을 바라본다
진달래꽃 핀 봄날 조카들은 제 스스로의 흥에 겨워
계단을 오르내리고 아버지는 뒷짐을 지고
곡벽(曲壁)과 왕릉의 생김새에 대해 말씀하신다
어머니 왕벚나무 그늘에 앉아 계신다
농아 몇 맹아 몇 수화를 바라보시며
관절염을 앓아 휘어진 다리를 햇빛에 말리신다
인릉 아래 물이 가늘게 흐르고 의자에는
늙은 사내와 젊은 여자가 머리를 맞대고 있다
하늘은 푸르고 제비꽃이 왕릉 잔디에 무리지어 피
어 있다
뿌리들은 어느 마음의 끝 땅속에 내려
이토록 질긴 목숨으로 얽혀 있을까
바람이 지나가면 그 흔들림만큼 흙 속을 엉켜드는
목숨들 두 번의 생이 있다면 아름다움이 다투어 묶
이는
창문에 나가 동터오는 집의 입구를 바라볼 것이다

어머니 자욱이 뿌리를 뻗어 풍경들을 바라보신다
꽃과 나무 사이 긁힌 정적의 모퉁이를 도는
아버지 그림자 바라보신다

문양

안내견 앞서 가네, 눈을 끔벅거리며
약국 앞 지나네, 먼 길을 걸어온 듯 혀를 길게 빼 물고
사람들이 비켜주는 길을 따라 토요일 속으로 걸어오네
벚꽃 피는 봄날이었네 마음이 도굴되는 봄날이었네
바람은 사랑에게서 불어오는 것이라고 아름다운 눈에서
불어오는 것이라고 꽃가지는 흔들고 모오든 노래들이 펄럭일 때
바람들 고요에 들어 고요의 상속을 기다리네

이렇게 흰 꽃잎 들여다보는데 마음은 피고 물은 흐르는데
고소한 기름 냄새 풍기는 봄날
바야흐로 빛을 배워 눈 열리는 봄날
놓친 것들이 돌아오는 길목
안내견 한 마리 눈을 끔벅거리며 성자처럼

흰옷을 펄럭거리며 꽃잎 속을 걸어오시네
사람들 다친 마음을 어루만지며
횡단보도 걸어오시네

허공

파고다 공원 근처
기미가 잔뜩 낀 담장에는 풀이 마르고 있다
떫은맛이 혀를 간질이는 오후 두 시, 비둘기 몇 산
부인과
간판 위에 앉아 있다 노인이 주름을 베껴 만든 안
경을
벤치에 놓고는 양팔을 벌려 기지개를 펴고 있다
마음밖에 갈 곳 없는 날 마음밖에 갈 곳 없어서
이렇게 마음마다 잎이 쓸리며 불리는 거겠지
멍하게 노인 허공을 향해 있다

나무는 불안을 뚫고 솟아 있다
하늘이 나무를 받아들이고 있으니, 됐다
쇠락한 눈빛으로 꽃이 스잔하게 있지만
그것은 일생이 짧은 자신의 몫
저편 너머에 어떤 기관이 있어 신들의 말씀을 옮기고
자신의 삶을 응시하는 사람들이 바람에 갉히고 있는
지금 이 순간, 경험은 감정만 남고 사라지는 것

그러나, 됐다 눈으로는 앞을 보지만 머리는 언제나
미로였던 것, 미혹이었던 것

그런데 삶을 방어하고 경고하던 저 노인은
무슨 까닭으로 허공에 미소를 보내지?

독신자들

어느덧 세월이었다, 눈과 귀를 이끌고 목마름에
서면
자주 가슴속을 드나들었던 침묵은 미처 못다 한 말
이 있는 듯
가을을 넘어가고 열매만이 영웅의 일생을 흉내 낸다
저기 바람 불지 않아도 펼쳐지는 전집은
나의 것이 아니다 마른 잎이 끌리는 심장의 한가운
데에서
울려 퍼지는 외침들은 나의 자식이 아니다
나는 다만 말의 잎사귀들이 서로의 몸에 입김을 눕
힐 때
지팡이를 싶은 채 넘어가는 해를 바라보았을 뿐
어떤 뉘우침도 빛이 되지 못했다 고독한 문들이 기
쁨을
기다리며 소유를 주저하지 않고 나를 다녀간 계절
에게
홀로 있음을 눈치채게 하여 업신여김을 받는 동안
시간의 젖은 늘어지고 시간으로부터 걸어나온 환

멸만이
　거리를 메운다 평화에 수감된 목쉰 주름에 섞여
　눈보라 치는 밤 결빙의 발자국을 따라가다 언 몸을
녹이는
　찻집 허름한 책을 비집고 나온 한 올 연기는
　전생을 감아올리다 흰 문장으로 가라앉는다

명태

돌을 물에 던지자 풍덩, 하는 소리가 났다
그것은 마음에 연못이 있다는 소리
나무의 수많은 잎사귀들이 팽팽하게 부풀어 있을 때
그것은 마음의 어떤 곳을 꽃밭으로 바꾸는 일
제주 공항, 검은 옷을 입은 사내와 여자가 보따리
를 들고
대합실을 빠져나가고 있다 반바지와 선글라스의
왁자한 틈 사이에서 버스를 기다리고 있다
보따리 틈에서 삐죽이 아가리를 벌리고 있는 명태
사내와 여자는 둥글게 말려오는 더운 땀을 닦아낸다
이윽고 바람이 서식지를 잃은 듯 주름을 늘이며 다
가올 때
그 뒷모습을 보며 망막을 다치는 일은
풍겨 오르는 죽음의 냄새를 맡는 일
혹은 여행의 기분을 검은 옷과 바꾸는 일
애써 마음의 어떤 곳에 파도를 세우는 동안
반바지와 선글라스 들이 버스에 오르고
사내와 여자가 들뜬 틈 사이로 스며들자
나무의 수많은 잎사귀들이 팔랑거렸다

배들의 정원

가자고 한다, 밤바다에
낮게 떠 있는 저 별, 마음 밖의
뻘 밭에 빛을 비추다 쉭쉭거리는 폭죽에
마른 뺨을 비빈다, 방금 건너편에서
질러온 사람의 목소리 하나
사람의 목에 걸려 파도처럼 부서질 때
폭죽은 자신의 생애가 밤에 있음을 알린 뒤
어둠에 투항한다, 그러면 별은
비로소 자신의 빛이 회복됨에
더 높이 떠오르려 하고 배들은
파란에 슬쩍슬쩍 뒤척인다
물결이 바다를 이루고
모래가 하늘과 구분되는 동안
사람은 사람 안으로 기어드는
틈을 열어 침묵이 용서가 되는
순간을 알린다, 그리고 가자고
별들이 무늬를 만들 때
가자고, 침묵은 철썩대는 저
파도에 이정표를 세운다

저녁 눈

스치는 사람들 눈을 바라보는 짧은 순간
그의 눈에 감긴다, 열렸다 닫히는 눈에 감겨
아득하게 소용돌이 속 비명에 닿은 채 또한 눈이
내리는
거리를 걷는다 잎이 채 사라지지 못한 채 거리에
뒹구는 것은
불멸의 탓, 눈동자 속의 허기진 날개 탓
이쯤해서 저지른 광기와 수치를 고백하련다

눈이 오는 창가
불이 밝아오면 약속은 어디에서 모여 배반을 꿈꾸
는지요

허공에서 펄럭이는 혀

풀도 나무도 없는 거리를 죽음의 거리라고
생각하며 살았다 눈에 감겼다 풀려나오는 저 몸뚱
어리들은

이제 누군가의 눈에 감겨 일용한 양식도 될 법한 일
그러나 고백은 입속에서 맴돌고 수치도 망각을 기
다리는
눈치인데 저 내리는 눈은 헛것처럼 사람들을 휘감
으며
이름을 휘감다 땅에 고요히 욕망의 정원을 만드는데
이곳에서 펄럭거리는 혀가 뱉어내는 말들은
긴 술잔에 잠겨 그리운 약속에 출렁거립니다

봉선사*

이곳은 춘원(春園)이 은거해 있던 절이오
이곳 지명으로 부평리에 있으니 그의 생애를 떠올
리면
꽤나 어울리기도 하오 한옥 솟을지붕처럼 입구가
되어 있고
대웅전도 크지 않은, 연못도, 약수도, 수련도 있는
작은 절이오 밟을 때마다 산마루에 걸린
달이 조금씩 더욱 환해지고 고른 숨 때문이라도
별은 별다워 보이오

이것만으로도 여기는 밤이오 사람을 사람답게 만
드는 밤이오
문풍지로 비추는 불빛이 있고도 뜰아래 유리 상자
안에는
촛불들이 붉게도 노랗게도 흔들리고 있소
오랫동안 그 자리에 서 있었소 죽은 자와 산 자를
위한 기도가
섞이며 망각과 꿈을 만들다

하늘에 어룽거리며 흩어지지 않는
불멸을 만드오 이 계단으로
춘원이 오르내렸을 것이오 불면이 불멸이 되는
모든 말들의 방언인 접먹은
책들을 읽으며 곱씹었을 그 공기 속에서
그러나 반은 꿈 반은 밤

다소곳이 어룽거리는 그가 보이오 가장 어려운 책을
쓰는 것이 분명하오 그렇지 않다면
눈물이 시작된 곳에서 흘러나오는 몸서리치는 정
적은 무엇이란 말이오
생이 생을 배반하고 고립을 먹여 살리듯
영원을 모방하여 자신을 먹여 살리듯 저 천공의 별
과 달은
환하게 따스하게 절을 비추오

* 경기도 남양주군 진접면 부평리.

강남역 사거리

오늘도 수많은 것들이 모여 다른 길로 흘러가게 하
였다
구두는 위기들을 향해 한 걸음씩 나아가고 꿈은 깊
은 물을 택하였다
잠에서 몸은 점점 커져 문을 빠져나갈 수 없었다
방을 몸으로 가득 채웠다,
위기의 기관으로 뻗은 저 길 저녁이면 불빛들이
모여
눈동자를 삼키고 점점 몸이 불어난 사람들은
날아오르는 새들을 본다

구름을 본다 어떤 이는 소녀를 삼키고 어떤 이는
은행을 삼키고 어떤 이는 백화점을 삼킨다
어떤 이는 책의 유래인 기억에서 꺼억 남자를 뱉어
내고
어린 가지가 달려 있는 나무에 기대어 호텔의 입구
를 바라본다
이것들이 모두 밤에 일어난 것이다 이빨을 떨며 불

어난 몸
　　오피스텔을 뿌리째 뽑으며 일어선다 구두들
　　위기로 뻗은 길 끝에서 손을 허공을 향해 저으며
　　아래로 떨어지고 있다

감옥의 왕국

잊히는 것이 두려워 불꽃 아래 모여드는 밤
아무것도 없음이 두려워 서 있는 밤
오늘이 아니기를 바라며 자신뿐이라는 것을 깨닫
는 밤
제부도가 그렇게 말하고 있었다
어둠 위로 부딪치는 날개가 그렇게 말하고 있었다

저녁을 먹고 해변을 거닐고 사람들은 횟집 의자에
앉아
조개를 구워 먹으며 아무 손이나 붙잡고 있었다

아름다운 나라는 이곳에 오랫동안 왕국을 세울 것
이다

폭죽처럼 얼굴에 비친 웃음은 목적지가 분명한 버
스처럼
환한 등 사이로 사람들을 뱉어내고 버스에서 내린
사람들은

버스가 감옥인 양 바다를 향해 일제히 타오른다
그때 이미 감옥이 되어 횟집 의자에 앉아 있는 여
자는
꺾인 고개를 젖히며 남자들의 거처에 스며들어
조개처럼 벌어져 있고 그 틈에 끼어들 준비를 하고
있는
손가락들은 빛이 되고 싶어 한다

그러나 왕국의 잎사귀는 사람들의 몸을 덮어
폭죽 따위가 주는 웃음을 멍하니 바라만 보고 있지
않아
사람들 살 속에 파고들어 어둠의 종족임을 분명히
한 뒤
서둘러 새벽을 불러 사람들을 햇살의 그물에 가둔다

영산홍

너 잠들었겠구나
네 잠 위에 슬픈 비 내리겠구나
비에 깎여 네 몸 이불 아래로 다리뼈가 보이고
가위 눌리는 꿈결에 베옷 펄럭이겠구나

네가 잠들었으니 자야겠구나
내 꿈에도 주름을 베껴 만든 책이 펄럭이는가 몰라
글자들 네 웃음처럼 부서지는가 몰라

너 잠들면 네가 흘린 눈물에 들어 펄럭인다
펄럭거리며 네가 구하고 싶은 약을 찾아다니다 밤
에 바친다
너의 검은 눈동자와 너의 맹세와 고른 치아들이
새벽을 응시하며 비를 의역하면서 내는 소리에
영산홍 그늘 사이로 꽃잎이 진다

네가 울음을 참으며 밥을 먹을 때
네가 넘기려는 밥에 양 볼이 터져나갈 듯 눈물이

생애에 흐를 때
　목울대를 풀어 사랑한다고,
　사랑한다고, 네가 그토록 듣고 싶어 하던 말을 하
고 싶었다

망각을 위한 물의 헌사

불면하는 거리, 간판은 자신을 알리기 위해
　옆을 물리치고 사람들은 깊은 곳에서 흐르는 잔잔
한 물을
　감춘 채 흐른다 그렇다면 여기서 죽고
아파트 공터에서 죽고 술집에서 죽고 시간과 자책과
연민에서 죽고 바닷가에서 죽은 우리는
어떤 죽음으로 저것들과 마주해야 하는가

죽은 물고기처럼 물이 가는 대로 흐른다
죽은 물고기는 물이라는 것을 잊은 채 흐른다
망각이란 이런 때 필요할 것
그러나 망각은 묻힌 것까지 꺼내 그림자를 만든다

밤은 무엇을 받아들이기에 어둠으로 차 있는가
무엇을 물리치기에 빛으로 무장해 있는가

이것이 걷는 것이라면 발자국은 모욕쯤 되겠지
이것이 밤에 거는 기대라면 새벽은 빨리 와도 되

겠지
　사람들 잠든 밤, 우리가 남긴 것들도 잠들었겠지
믿는
　위로는 이제 이 불면하는 거리에 막혀
　흐르는 물로 멍하니 별을 본다
　두둔이 내부에 있다는 듯 감은 눈을 뜨지 않는다

이별가 2

눈을 감고 있어도 생각나지요
뒷덜미를 보이며 가던 이
마음으로 읽으며, 읽으며 책을 덮었지요
아프지 않은 사람 없듯이 개찰구며
강의 문이며에 구두를 벗어놓고
옥상에는 흐르는 땀으로 빛났던가요
여기가 감옥이라고 지옥보다 더한 곳이라고
바짓단에 펄럭이는 울음을 감추고
더하는 바람 때문이라도 어디로 가시렵니까
책을 덮고 벌레 기어 나와 가려움으로
창에 서면 이 창도 벌써 지루한 생활이라는 것쯤은
고개를 돌리는 풍경으로 알 수 있지요
가고 계시지요 무서우신가요
밤이신가요 여기는 감옥도 지옥도 아니지만
감옥처럼 갇혀 있을 거예요
지옥처럼 잡혀 있을 거예요

염천, 시베리아, 유형

시베리아가 그토록 더울 줄 몰랐다
창문을 열고 더운 공기 속에서 책을 덮으며
저편 맑은 햇살 꽃 위로 날아가는 나비를 바라보
았다
돌아갈 길이 호수로 변해버린 발코니에 서서
고립이 낳는 힘과 물 잔과 지워진 뿌리와
고립으로 모여드는 온갖 것들을 꿈꿈하게 바라다
보았다
끄적인 종이를 구겨 더위 속에 던져 넣으며,
모자를 고쳐 쓰고 끝없이 펼쳐진 수면을 바라보는
사람의 뒷모습을 바라본다 고립은 불안을 낳고
불안은 날개를 낳으리라 안개 자욱이 올라오는 호
숫가
하루를 여는 것이 불안이듯 생애를 여는 것이
먼 곳의 물결이듯 연결이 되지 않는
국제 전화기 앞에서 자신을 눌러쓰고는
그리움을 배회하는 모자 위로 나비들
날개를 팔랑거리며 다른 꽃 위로 날아 앉는다

문틈에 바침

가을이면 은행잎이 봄이면 벚꽃이
비가 내리면 매미 울음이 그치고
겨울이면 창문으로 바람이 새어 들어왔다
겨울이 지나고 봄이 오고 여름이 되었을 때
나무들이 아무도 지나가지 않는 길 위에서
꽃을 피우고 있었다

창에는 먼지 섞인 노래가 흘러내렸다
소리 없이 너의 문틈이 울고 목쉰 고양이가 운명의
노래에
갸르릉거릴 때 오래된 침대는 운명의 것이었지
바람의 것이 아니었다, 무거운 침묵 사이사이
말없이 이삿짐을 싸는 동안

창밖에는 눈이 내리고 눈보라 쳐 유리창을 흔들고
어디론가 흩어지는 눅눅한 옷처럼
꿀꿀거리던 나무들은 자신의 자리에 남아
벌겋게 부풀어 오르는 기운들을 모아놓지 못했다

스스로 존중해야만 광폭함을 막을 수 있었던
시절들은 실감 없이 사라져가고 트럭에 실리는
짐들만이 영혼이 얼마나 먼 길을 걸어왔는지를 아
는 듯
생을 마친 사람처럼 자신의 집에 눈동자를 묻는다

눈보라는 울려 퍼지고 목쉰 눈보라는 울려 퍼지고
손 닿지 않는 곳에서는 윤곽만 남은
전생의 손가락들이 탁, 탁 허공의 끈을 더듬고 있
었다

자정에 내리는 눈

아름다운 눈이 내리는 날이라고 쓰자
소음이 귀를 열고 가게의 문이 술에 취해 안녕, 이
라고
손을 흔들 때 내리는 눈이 물이 되어
어둠 속에서 얼어붙는 것을 본다, 몸이 마음을 쉬
게 하고
꿈도 감정의 껍질에 이끌려 모자를 벗는 밤
붉어가는 시간의 틈으로는 꽃들이 피어 있다

술 취한 노래가 희미한 가사에 혓바닥을 말고 있다

수염이 없는 가슴에는 배들이 정박하여 하염없이
눈을 받고 바다에는 더 많은 눈이 길들여지지 않
은 채
제 성당의 문을 열리라, 이토록 눈이 내려
하얗게 꽃들로만 내려앉아 지나쳐온 길은
환한 꽃을 피우고 가파르던 섬에는
더 많은 갈매기들이 찾아들리라, 오늘 같은 날

제3부

이별의 역사

극장 앞에는 의자가 놓여 있네
그 의자 비에 젖네 가을비 내려 뒹구는 잎사귀 젖고
술집의 문고리도 젖어 잠마저 젖는 어느 가을날
이별이 이토록 쉬운 것이라면 시작도 하지 않았을
것이네
기억은 가물거리지도 않고 평생을 바친 힘으로
한사코 망각을 물리치네, 이것이 누구의 이별이든
모든 이별에는 흐느낌이 있네, 잠 못 드는 저 애인들

술집에서, 작은방에서, 깊은 시름에서
그림자마다 조금씩은 비에 젖고 인간의 역사가
이별의 역사라는 것을 깨닫는 순간이 올지라도
이별은 언제나 처음인 것을 그리하여, 몸은 아프고
몸보다 마음이 더 아프고 두려운 아침이 오지만
그러나 이별도 순환하여 사랑이 사랑과 만나는 것
처럼
이별도 이별과 만나 사랑이 낳은 이별을 힘껏 껴안
는 것이라네

깊은 곳, 깊은 눈

그래요 눈물이 흐르지요 눈에서 둥글게 맺혀
감정으로 부풀다 아랫눈썹이 다스림만으로 힘들
때쯤
도르르 흘러내리는 것이겠지요 그때 눈물은 무엇
이 되던가요?
윗옷에 떨어진 눈물은 문이 막힌 말이 되고
무릎에 떨어진 눈물은 먼빛이라도 되는지요?
별이 되는 눈물은 얼마나 익어야 저곳에 있는지요?
얼마나 반짝여야 말이 되는지요?

눈물 속 어리비치는 나라
그 속, 마음꽃

눈물이 흐르지요 그래요 자리에서 온몸 둥글게 말아
절벽 아래로 떨어지는 것이겠지요 폭포수처럼
방울지며 합쳐지며 끊어지며 이어지며 떨어지는
것이겠지요
고요가 되는 것이겠지요 그때 자신을 들여다보는

마음과

　그러한 자신을 들여다보는 마음은 어느 협곡을 흘러
　서로의 강이 되는 건가요? 얼마나 익어야 무지개
되는 건가요?

　이렇게 매를 맞아도 아프지 않은 날
　이렇게 베어내도 마음이 자라는 날

점자

아니다, 존재하는 것들의 육체다 새겨진 발자국들
은 어디에선가 돌아오는 것들이다, 몸을 감싸고 콧김
을 내뿜으며 귓전에 부서지는 구름을 헤아리며 잔잔
히 이마를 쓸어내린다 눈 안에 눈동자를 파묻고 휘장
을 나부끼는 육체들 그러나, 모두가 손아귀를 빠져나
간 침묵들 길에서 만난 불안의 지느러미들로서 잎새
를 갖지 못한 지팡이와 같이 해쓱하다 운명에 긁힌
존재하는 것들의 마른 생애에 돋는 점들, 그 위를 더
듬거리는 어스름한 눈동자들

묘지

이곳은 미련의 둥지다
저마다 지붕을 틀고
게걸스러웠던 입을 다문 채 죽은 것처럼
누워, 햇빛을 쬔다

그러나, 저것은 죽은 것이 아니다

쭈그러진 입을 보라,
죽은 것이 아니다,

죽어서라도 땅에 붙어 있겠다는
욕망하는 성이다,

죽어서도, 끝끝내
버리지 못하는 미련의 노란 창문이다

저토록 저무는 풍경

잎사귀 떨어지는 거리를 걷다 중국집 계단을 오르며
저무는 문에 볶음밥 냄새 훅 끼쳐오면
어서 빨리 시간이나 지나가라고
어서 빨리 이 계절을 지나 저 계절로 가라고
낮고 젖은 가슴으로부터 울려 퍼지는 울음들에게
가는 노래를 듣는다, 자장면 그릇에 모이는, 나부끼는
저 창밖의 잎사귀들은 검은 공기에 뜯겨 조서 없이
바람 속으로 들어갈 것이지만 세상은 스스로 만드는 것이라도
사람의 발자국에 남은 김 서린 목을 맬 수는 없겠지
오늘 밤은 또 무엇이 되려나 예기치 않은 것들이 얽혀
운명이 되는 밤 저 여미는 것들 슬픔이라도 만지는 듯
바람은 가는 노래에서 흘러나오는 입들에게
끝은 있다 끝은 있다 가르치지만
붐비는 울음 속에 세워진 혼을 빼앗긴 저녁은 온다

깊은 곳으로부터 한없이 사라지며 물결치는
저토록 저무는 밖의 풍경은 온다

주름의 수기
―고향의 푸른 집

여기 옛 그림자 어른거리는 마을에서
저녁을 먹고 저수지가 보이는 찻집에 앉아
마음에 고여오는 것들에 몸을 맡긴다 억새꽃이 흔
들리고
유년의 기억처럼 비뚜름히 서 있는 소나무
물의 시린 한기를 타고 오는 적거 혹은
더부룩하게 불러오는 풍경이여!

나는 적거에 숨어들어 바람을 불러들이고
희망을 빙자해 기쁨을 다른 곳으로 데려갔다
이토록 생을 그르친 까닭은 흙을 딛고 올라서는 것
들에게서
꿈을 볼 수 없었고 가지 않은 길에 날개가 있었다고
믿었기 때문이다 그러나 부리나케 달려온 마음의
자취에는
앞질러 온 길만이 노곤한 육체를 다독거릴 뿐
슬픔과 기쁨의 차이가 이토록 멀 줄을 몰랐다

오직 깨달음을 가르쳐준 낮은 물들은
이제 그 눈빛을 거둬 별에 저장을 시작하고
어두워진 마을에서는 지붕들이 하나둘 불을 밝히며
달 아래 드는데

그림자

황혼이 붉게 벽을 물들일 즈음
바람은 열쇠가 채워져 있는 저녁의 문 앞에 서서
잠시 침묵에 섞인다 어렴풋이 평온의 편지인 벽은
글자들을 떨어뜨리고

봄은 어금니를 느리게 움직여
잎사귀를 갉는다 사람들 사이로 글자들이 떠다닌다
그러나 바람 때문에 그 글씨는 크게 일그러졌다

공기가 금빛 즙을 흘리는 저녁을 보라,

이따금 사람의 그림자들 사이로 거품이 일고
그림자와 그림자 사이에 서로의 말 한가운데로
걸어 들어가는 턱도 있다

그리하여 바람 부는 날이면
말들은 그림자의 심장을 향해 따뜻한 손을
집어넣고 고여 있는 구름들은 황혼에서 피워

올린 사람을 향해 뻗는다 적막에

황혼의 그림자들 서로에게 섞이며 침묵의 편지를

읽는다

그림자들의 도시

강변에 앉아 물 본다, 배는 자랑스럽게 다리 아래
낮게 떠가고 풍겨오는 음악은 공중으로 울려 퍼진다,
곳곳으로 새들은 풍선처럼 울려 퍼지고 기억하는 것
들의 얼굴들은 잎사귀로 뒹군다

제 삶을 건너와 두 다리로 걷는 사람들 그림자 속
에 삶을 걸치고 머리카락은 또 먼 길을 떠나려는 듯
바람에 날린다, 허기, 눈앞을 지나는 작은 유람선,
거친 모험을 이겨내듯 물소리는 당차 오르고 빈 캔들
은 그 새로운 동작으로 햇빛 속에 묻힌다

구르륵거리며 새가 의자의 한 켠에서 허기가 부르
는 칭얼거림에 부리를 내밀며 포만의 근원인 위를 달
랜다, 보라, 줄기차게 건너와 자신의 도시를 건설하
는 집들과 지하 도로들. 머리 위에 탑을 세우고 지그
시 눈을 감은 채 강물마다 솟구치는 그림자들을

얼마나 많은 생각들을 강물 속에 던졌을까? 물의

혼이 그것을 말해주려는 듯 파닥거린다 의자를 덮은
그늘, 제 몸속에 품고 있는 것을 잊으라는 듯이 매어
있는 것들을 끊어버리라는 듯이 개를 끌고 가는 노인
을 바라본다, 의자의 눈동자 시계의 바늘을 세우며
강물에 주름진 눈망울을 닦는다

강과 나무

아무 영감도 주지 못하는 강가에 서서
버릇없이 (무뚝뚝하게, 방해하는) 치뜬 나무 봅니다
스스로에게 이르는 길은
아주 멀듯 보이지만 스스로의 길을 간
사람에게는 아주 가까운 거리입니다, 어떤 이가
휘파람을 불어 생을 가볍게 만듭니다
불길한 그림자들이 오락가락하는 동안
그것이 길 끝에 있는 듯도 보입니다

어떤 이는 여기에 있는 것들을 그리워
하는지도 모르지요
그러나, 누군가는 그리움에 닿는 거리에서
손마디 관절을 뚝뚝 끊으며
휘파람 사이로 쳐들어오는 외풍이며
그 외풍을 관통하는 적막의
숨통에서 작디작은 숨을 고르기도
할 것입니다 저 서 있는 나무들의
현기를 보십시오 왜 흐르거나

걷고 싶지 않았겠습니까?
어디로든지 운명이 주는 밥그릇들을
깨끗하게 닦고 싶지 않았겠는지요
작은 것들 때문에 큰 것을 잃은
자들이 강가에 모여 모래의 방이나
모래의 문이나 반짝이는 공포를
두려워하는 오후

뱀이 기어간 자리
그 자리마다에 징그러운
강의 흐르는 기억에
작년처럼 서 있지 않겠다고
지르며 지르며
아픈 것을 감추는
하루입니다

대전 교도소

보리가 패어 있는 언덕에서
흙먼지를 일으키며 가는 종점행 버스를 바라보며
첫사랑을 생각했었다, 모자가 삐뚤어져 있었고
높은 곳에서는 현기증이 있었다, 도로변에는 미루
나무가
겨울에는 눈을 뒤집어쓰고 있기도 했다, 오늘 밤,
부스스 날리는
주차장의 낙엽들이 흙으로도 가라앉지 못할 때
때때로 나는 내 기억들에 돋아 있는 잎사귀를
뜯어먹는 염소를 바라보며 잠자코 몸을 맡기곤 한다

그때, 미루나무는 교도소 붉은 벽돌에 그림자를
늘이기도 했는데 그곳에 누가 사는지 관심이 없었다
꽃잎이 떨어지고 가끔씩 까치집에서는 공허하게
깍깍깍 텅 빈 노래를 창백하게 불러대기도 했는데
그것을 사람들이 들었는지는 모른다
이제 염소 털들이 뿜는 빛 속에서 설탕을 잔 속에
집어넣을 때 불현듯 교도소 위에 떠 있던 달과

5월의 녹엽과 사과 꽃잎이 날리던 그 사람들의
방들을 떠올린다, 비누, 창문, 별, 무덤과 같은
서걱거렸을 것들을 생각한다

새로 시작하는 밤

새로 시작하는 밤이어서 어둠이 깊다
이 무명에 고요까지 깃들면
마음은 혼자 있음이 고맙기까지 한데
둥글게만 퍼지는 그 한가운데 골이 깊다

한파주의보가 내린 밤
문틈으로 비집고 들어오는 세찬 흔적들
고요가 새로 시작하는 밤과 교차하고
산란과 평온이 교차하는
그 한가운데로 내리는 눈송이

지금 어둠에 기대어 수많은 병이 포개져
두려움이 얕아져 가는 것을 느낀다
가르침을 주던 스승도
기억으로만 남아 기꺼이 그 무엇이 되었다

아무것도 새로울 것이 없는데
이렇게도 시작하는 밤

눈 안에 든 무명
홀로
골 깊은 골짜기를 서성거린다

소년이었을 때

소년이었을 때 별이 있었다
여인들은 막대기를 들고 울음을 쫓고
회당 뒤편에는 고분이 언제나 푸르렀고
우두커니 봄이 지날 때 꽃잎 다 져 열매 맺힐 때
별이 있었고 여름인가가 있었다, 마을이 세상의 전
부였을 때
마을의 꽃과 별이 세상의 전부였을 때
아궁이의 불빛에 울음을 닦아낼 줄 알았다
마을과 마을이 섞이고 여름과 가을이 섞이고
이승과 저승이 섞여 눈보라 치는 울음소리를 낼 때
제복을 입은 채 꽃잎 아래 서 있었다
땅에는 평화를 꿈꾸는 자들이
종소리를 울리고 생애를 예고하려는 듯
여름이 겨울처럼 늙어가 이제는 울음조차
식민지의 깃발을 나부낀다

목련

어둠을 밀어내려고, 전 생애로 쓰는 유서처럼
목련은 깨어 있는 별빛 아래서 마음을 털어놓는다
저 목련은 그래서, 떨어지기 쉬운 목을 가까스로
세우고
희디흰 몸짓으로 새벽의 정원, 어둠 속에서
아직 덜 쓴 채 남아 있는 시간의 눈을 바라본다
그 눈으로부터 헤쳐 나오는 꽃잎들이
겨울의 폭설을 견딘 것이라면, 더욱더 잔인한 편
지가
될 것이니 개봉도 하기 전 너의 편지는
뚝뚝 혀들로 홍건하리라, 말이 광야를 건너고
또한 사막의 모래를 헤치며 마음이 우울로부터
용서를 구할 때 너는 어두운 하늘을 바라보며
말똥거리다 힘이 뚝 떨어지고 나면
맹인견처럼, 이상하고도 빗겨간 너의 그늘 아래에서
복부를 찌르는 자취와 앞으로 씌어질 유서를 펼쳐
네가 마지막으로 뱉어낸 말을 옮겨 적는다

머나먼 나라

제과점 앞 땅에 질질 고무다리를 이어 붙인 사내
납작 보도블록에 몸을 붙인 채 머나먼 나라로 이동
중이다
때마침 바람이 불어 낙엽이 후두둑 몇 잎 날리며
단편영화 같은 모습을 보여주고 있는데 스피커가
고장 났는지
말썽이다 저 속도라면 피자점까지는 한나절이겠다
늦는다는 것에 화가 난다 십 분이라면 혁명이라도
할 시간
부질없이 미움이 싹이 트려 하는데 찬송가가 울려
퍼진다
일순간 음악에 휩싸여 사내는 거룩한 몸을 움직여
죄 짐 맡은 것처럼 피해가는 여자들 다리를 향해
치뜨며
꼿꼿이 머리를 세우며 머나먼 나라를 간다
사내에서 여자까지, 제과점에서 피자점까지
다시 바람이 불어 나무에서 지상까지 아니, 전철역
에서 이곳 제과점 앞까지

늦은 죄로 벌건 얼굴로 뛰어오는 사람을 본다
머나먼 나라로 뛰어오는 중이다, 그러고는 갑자기
유리병 장수를
발로 차 밀어뜨리는 프랑스 시인의 시 생각,

머나먼 나라에 닿기 위해 땅에 몸을 가는 영혼들
그 모든 나라들 떨어지는 꽃잎과의 거리

유전하는 밤

자신에게 포위되어 자신을 겨누는 날
누군들 자신을 해치고 싶겠는가
그리운 먼 곳 저편 어디인지 몰라 아득할지라도
젖을 빨 때부터 눈엔 별이 반짝였던 것을

아파트에 서는 칠일장, 달걀이며 시금치며 두부를
파는
노인이 생각나는 겨울, 뺨을 보자기로 감싼 채
지나는 이를 애타게 올려보던 눈빛이며
다리를 저는 아들이며 골판지를 깔고 먹는 찬밥이며

누군들 누군들 따뜻한 뺨을 부비며
어미로부터 멀어지려 하겠는가

노인의 죽은 어미가 우는 밤
그 울음 끝에 노인 홀로 우는 밤

자신에게 포위되어 자신을 겨누다가

자신을 부둥켜안고 가위눌리는 비명 속에서
자신이 만들어온 인생 몇 권 소설로 옮겨 적는 밤

혼혈의 성좌 아래

고양이들이 어슬렁거리는 황혼
노래가 노래에 섞이고 날개가 날개에 섞이는 황혼
귀를 덮은 밖이 멍을 여는 황혼
힘을 받아 여름이 옴을 봄은 느꺼워한다
그러나 벚꽃들은 먼저 그 몸을 땅에 던짐으로써 여름의
꽃가루를 피워 올리고 사랑이 가기 전에 헤어짐을 준비한
사람은 오랜 기억 속을 헤맬 구두끈을 맨다

감옥을 나와 도시를 헤매는 사내처럼
멍든 눈을 열어 황혼을 받는 날이면
고양이들은 밖이 어두워짐에 울음소리를
창 너머로 피워 올리고 파산자는 파산자대로
지갑의 노래에 헤진 깃을 감춘다
어떤 영원이 있어 이것을 생의 것이라 부르고
어떤 하루가 있어 이것을 나의 것이라 부르랴
혼혈의 성좌 아래 고양이 깃을 내리고

갓 태어난 새끼 고양이들에게 젖을 물리는
저 고요를 누가 여름이라고 부르랴

어둠 속에서

돌조각 상, 오래전 보았네
날개를 펼친 채 붙박여 있었네, 푸른빛을 감싸고
날아갈 듯 천년을 붙잡혀 있었네, 돌 속에서
새가 빠져나오기를 기다려 품에 입김을 던졌네
이상한 기운이 감돌았지만 그것은 돌이었으니까
천천히 기억 속으로 사라져갔지

누군가는 묻곤 하지, 정말 귀신이 있어요?

창밖으로 울음이 마려운 나무가 오도카니 서서
대신 울어주는 빗방울에 왜 사는가
묻고 싶었는지 눈을 오므리는……,

밤
어둠이 제집을 지키느라 팽팽하고
고적이 긴 그림자를 드리울 때
기억을 뚫고 돌을 찢은 새
푸른빛을 뿌리며
어둠을 가르네

제4부

여기 먼 곳의 벌판에서

모든 것은 사라진다, 기억도 죽음보다 더
캄캄했던 시간도

밤이 온다, 또 어느 거리에 앉아 남은 노을에
달이 공허하게 떠오르는 것을 바라보아야 하리

나무들만 미친 듯이 잎을 펄럭이며
살아 있음을 흡족히 여길 때

마침내 저녁이 되었는가?
어디로 가야 하는가?

가을이 깨달음이 없는 숲 속으로 가는 동안
바람이 비로소 떠나야 할 시간을 알리고

구름 밖으로는 그리운 사람들의 얼굴이
하나둘 떠오를 때

추억

으스름 달밤
문풍지가 바람에 울고
풀벌레들이 찌르르르 운다

꽃이 지는 밤, 꽃이 떨어지며
한 올 문장으로 일어서는 밤

산 아래서
개가 짖는다, 울을 건너오는 그 개 울음소리
문장을 길쭉하게 흔들어놓는다

나뭇잎 스삭이는 소리에 섞여
방문에 어리는 그림자

칼날을 세우고 있다, 꽃이 질 때마다
발을 옮겨 방 안을 엿보고 있다

달이 훤히 벌레의 핏줄까지

비추는 겨울밤, 문을 찢은 칼날이

목을 내려치고 있다

바람의 맹지

머리카락 뽑혀 흩어진다, 검은 배 길을 묻는다
머지않아 먼동이 튼다면 추억으로
깜빡거렸던 것들 자신의 집으로 되돌아가고
남은 물거품만 꿈의 한쪽에 숨는다, 빛이 내리는
기차역 그리고 두통 없는 아침, 시계탑 아래에서
바람의 현장을 읽으며 기념사진을 찍는 노인들

먼 시선 밖으로 해변의 구름
그리고 해장국집 유리창에 서린 뜨거운
국물의 김들

가는가, 머리카락 뽑히며 진눈깨비에 섞이면
남의 집에 온 것처럼
지워지지 않으려 사람들은 목소리를 높인다

눈 내린다, 바람을 구독하듯 기차역
별채처럼 자욱해진다
자신 속으로 파고들려 앙탈을 부리는

앙금들 눈 속을 걸어간다

걸어간 발자국들 살얼음 낀다

하루에게

너는 어디로 가서 밤이 되었느냐 너는 어디로 가서
들판이 되었느냐 나는 여기에 있다 여기서
이를 닦으며 귀에 익은 노래를 듣는다
존재를 알리는 그 노래는 추억의 중심으로 나를 데
려간다
네가 살아 있을 때 나는 무엇을 했던가
전화를 받고 차를 마시고 또 무엇인가 두려워 마음
을 졸였겠지
네가 가고 난 책상엔 먼지가 한 꺼풀 더 쌓이고
건물들은 늙어 어제를 기억하는 데도 지쳤지
네가 풀잎이라면 나를 초원에 데려가는 게 좋겠다
더더욱 네가 그리움의 저편 석양처럼 붉게 타오른
다면
나도 모르는 그리움 속으로 데려가다오
그 속에서 온갖 그리움들을 만나 그리움의 기억을
가슴에 새기며 내가 왜 여기 서 있는지를
저 나무에게나 물어보리라

먼 밤의 저편

이 건너는 것들은 다 무엇인가
건너가 무엇이 되는가 잠음도 되고 소문도 되는
이 하루는 망각 속으로나 들어가
다시는 떠도는 구름조차라도 나타나지 않기를
저녁의 눈빛이여 아시는지, 한사코 낮에 머물러 심
장을 닦는
두려움 끝에 오는 두려움 고비에서 포기하고 웅크린
그림자처럼 달빛 내리시는 모독이여
가엾고 떫은 인내가 모여 잘게 부서지는 힘에게
입을 닫아버리면 불길을 이기지 못하는 밤에는
어느 다리를 건너 아침에 이를 것인가

고양이

너는 하얀 수액을 질질 흘린다, 얼마나 많은 날들을 날개 없이 살았기에 침묵으로 털을 만드느냐? 고요하고 빛나는 수평선이 막 마지막으로 일어서고 너는 그 틈으로 비명을 내지르고 있다 너의 생애는, 너의 공원에는 너의 앙상한 수염으로 축축하게 비가 내릴 듯한데 너는 네 발톱으로, 일어서는 수평선을 부서뜨리며 주름 속에 독기를 숨긴다, 할퀴고 구부린다, 네 태어남을, 네 죽음을, 네 먹이를, 마침내 네 몸을 너는, 네 창문을 열어 네가 가진 발걸음과 네 노래들을 길에 버려놓는다, 분명 네 것이었을 네 눈까지 허공에 던져두고 폐허의 꼬리로 나무 그림자를 흩뜨려놓는다

검은 피부

나무를 옮겨 심으면 신열을 앓듯이
너는 너를 옮기느라 두 눈을 햇빛 속에 박고 있다
햇빛에 슬고 있다 집이 되어 지붕 위로 잎사귀를
팔랑거리고 있다, 너는 분실물 보관소에 있는 물건
처럼
손 그늘을 늘여 잔을 들고 있다, 너를 보아라
욕망에 말을 거는 거품이 보이거든
네가 바친 제물이 헛되이 가슴을 다치거든
기다릴 내일이 없는 또 하루가 지나가거든
그러면 가자, 너를 보며 어머니는 말하지
애야, 이보다 더 큰 슬픔이 들이닥치는 것이
생애의 입구다, 네 혀에 돋는 꽃잎
네 몸 안에 피는 꽃, 잔을 들자! 고난에 번지는
팔뚝이 입을 열고 비애를 엿듣던 달력이
노래가 될 때까지, 지나가는 저 사람이 되고 싶을 때
녹슨 피 움직여 나 또한 네가 되어 여기까지, 왔다

가을 기도문

나뭇잎 떨어지는 날에는 집에 있겠습니다
쓸쓸히 집에 남아 도저히 밤이라면
허공에 눈동자를 박겠습니다
하여 밤을 노래할 것 아니겠습니까

여름은 위대했습니다 가을 또한 못지 않았으니
겨울마저 위대하다면 찾지 않는 집에
햇살이 빛나고 이것이 생의 곡절이어
웃음이 웃음이 아니라면
그저 웃으며

이렇게 무릎을 꿇고
두 손에 바친 눈알을 가을에게 드리겠습니다

작은 배

어디 그뿐인가
이토록 움직임이 작은 것들은 제 안에 소리를 감추고
그 소리의 물결로 빈 마음에 든다
물이 소리 없이 흘러 고요한 중심을 맑히듯
눈썹 둘레에 고삐를 풀며 꽃이 가라앉는 것을 본다
부두에서 본다 멀리 알 수 없는 섬에까지 이르도록
하르르 꽃잎 풀어 감빛에 감긴다
서성거리며 빈 배를 받아들이며
녹슨 닻이 흔들거릴 때마다 소식 없이 떠난 원인들에게
까닭 모를 마음이 원래의 것이라는 것을 말해야지
살아 있는 것이 노을을 향해 뺨을 부빌 때
마음의 한쪽 끝에서는 파랑이 불어올지라도
저 수평선에 닿은 기약들이
홀로 있음을 기려 우연을 물리칠 때까지

살아 있는 웅덩이

이 불안은 또 어디서 오는 것이냐
벼르고 벼른 산속 방에 숨어들어 겨울의 외풍이
잠을 떠 있게 하는 사이 며칠 전 죽은 시인에 모든
게 허무해진다
마지막 입김이 그랬던가 몇 년 전 죽은 시인도
살아 있음에 깊은 웅덩이를 파놓았었다
그러나 지금
이상하고도 무서운 통로가
산의 협곡을 타고 내려와 알 수 없는 밤을 만들 때
울고 싶은 자들이 주는 침묵은 날짜를 이길 수도
있을 것이다

울고 싶은 자 홀로 끼니를 거르는 것
그리고 자신 이외에 지켜줄 사람이 아무도 없음을
알며
하루를 하루로 바꾸어가는 일
새끼를 거느린 공터의 고양이처럼
발소리를 죽이며 웃자라지 못한 달을 건너는 눈물

방울
　　그 방울 하나 떨어져 방에 파이는 웅덩이

깊은 강

때로는 폭풍 부는 사막처럼 황량을 적에게서 배우
는 밤
고의로 씌인 기록이 별빛에 물드는 밤
밤은 길고 멀어 곤한 아이처럼 소리가 없다
이것이 또 하나의 침묵이라면 적도 이제는 목숨이
뿜는 광선과
퍼지는 승리에 힐끗, 창문을 바라보리라

그러나 이 거리에서 우리가 배우는 것은
아무런 말도 하지 않는 것
사랑이라는 말에서 나오는 이상한 냄새에도
얼굴을 돌리지 않는 것
그것이 현명한 덕, 그것이 자신

높은 산에서 부는 바람처럼
고요히 흐르는 강처럼
저기 적이 은은한 미소를 지으며 온다
남을 쏘려다 자신을 쏘고는 존경을 짓는 불안과

온다
  아까보다 힘이 더 붙어 후광으로 곳곳이 빛난다

그늘이 질 때

동쪽으로는 떨어져 나간 그늘로 가득하고
그늘 속으로 반역을 꿈꾸며 걸어 들어갔다
어리석게도 길이 시작되는 곳에서
기다림은 시작되고 다시 바다 주변의 나무들은
물속에 머리를 처박고 있었다
기억을 찾아내듯 옛집의 대문은
초록의 이빨이라고 부른 문패를 떨어뜨리고
마을 입구를 향해 입을 벌리고 있었다
아직도 과거의 포로인 담벼락에는 완성을
이기지 못하는 줄기들이 발자국을 받아들이고
양철 지붕이며 예배당의 종루는
마음에 적은 것을 흙 위에 적느라 등이 휘어 있었다
그렇다면 먼지로 돌아갈 때까지
돌아오지 않는 종소리는 어느 파문에
운명을 순환인 듯 받아들이며 말을 닫을 것인가
흐느끼듯 발자국을 받아들이며
반역을 기다림으로 바꾼 저 열린 대문의 눈
노파처럼 들어오라고

네가 우는 마음의 어떤 곳이 꽃밭이었다고
그늘이 지고 바람이 불 때

수염

오늘 밤 새 잎을 지나는 청춘들을 바라보며
어리석었던 것들에 적막해오고 더 멀리
마음을 밝히지 못한 어제의 계절이 찾아온다 하더
라도
이제는 이름을 지우라고 말해야지

이 저녁이 다하여 원하지 않게 보낸 거리에서
쉽사리 거리가 꽃잎을 받아들이고
바람만이 숨 가쁜 것을 토해낼 때
하늘로부터 내려오는 저 적빈은 어리석었음을
깨닫게 하는가 바람도 죽어버리는가

저녁 비 내린 뒤 길을 고아 만든 불빛은 내리고
아득히 밤 구름을 운집시켜 타오르는 것이 있다면
그것조차 불꽃이 아니라는 것만은 확실하다
아직도 가느다란 빛에 들지 못하고
굽이쳐 오는 것에 눈이 멀지 않는다면
비련을 받아들이고 있는 술집처럼
차라리 뼈에 새겨지는 고적을 홀로 울게 하리라

밤

남은 것들은 남은 것들끼리
흩어진 것들은 흩어진 것들끼리
여기저기에서 자기 목숨들로 아우성치는 날이면
스스로 다짐했던 약속은 강에나 버릴까
너무 많은 입들 때문에 어디론가 숨어버리고
또 하루가 간다는 위안만 가슴을 짓누를 때
오월이 가도 시월이 가도 풀지 못하는
올가미들은 숲을 건너와
굵은 핏대를 올리며 꿈길이나 밟는 듯이
자욱하게 명치끝을 울리면 진한 생이 있었다고
있을 것이라고 풍경은 쿨룩거리는데
자신이 만든 모든 것들이
자신에게 돌아오는 이 거리에서
남은 힘을 모아 나의 것이 아니라고
가로수 기둥에 기억을 묶는 밤

기억제

저 저물녘 누워 있는 것들을 보라
파도는 출렁이고 노래는 물어물어 기억의 기슭에
닿는다
그리하여 철썩이고 철썩여 노래도 저물면
도시 저쪽에서는 이별한 자의 술잔과 빚에 쫓기는
고개들이 모여

간판으로 다시 태어나고 곱창집이며 호프집에는
밥과 술이 섞이듯이 강물 또한 흘러 떠가리라
다시 그리하여 모든 것들이 떠다니는 자정 무렵
이미 돌아간 자들은 분노를 남기고 새벽을 넘기는
자들은
검은 피에 발목을 적신다

누워 있는 것들
병실이며 아파트며 강물에 등을 붙인 채
기억에 가위눌리며 흘러 떠가는 것들

기원이 되고자 돛이 흔들리는 포구에서
홀로 있음이 저려오는 새벽
아픈 자들이 모이는 마음의 처마 밑에
처소의 발자국을 저녁부터 찍어온 자들
왁자하니 떠들어 그속에 침묵의 잔해를 감춰놓는다

저 석양

어디서 불어오는가, 이것들은
살아 있는 것들의 입에서 뿜어져 나온
이것들은 사람들의 들끓는 입에서 뿜어져 나와
미친 듯이 몰려다닌다, 지하 계단에서 혹은 신호등
아래에서
종횡으로 몰아쳐 마침내 나무의 등골을 휘어놓고는
제 힘에 겨워 주저앉는다

사람들은 겨울의 끄트머리에서 시커멓게 매연이
더께진
잔설이 뿜는 숨찬 빛에 들끓는 비밀을 만드는데
누가 바람이라고 불렀는가
죽은 자의 넋이 보태져 이리저리 몰려다니는 이것
들은
모두 지상의 것이다, 그러니 말 많은 추억이 전세를
노래하더라도 노여워 말지니
굶주린 짐승들의 장소인 공터에 떠 있는 구름처럼
누가 바람을 저 하늘빛에 들어 올릴 것인가

전세에서 현세까지 몰아와
모조리 쓰러뜨리는 저 바람을 꽃으로 옮겨 심으며
누가 착한 호흡을 뿌리에 보탤 것인가
무량하게 그러나 사람들 낱낱의 속에서
탄생한 수억의 바람들은 저희들끼리도
싸우며 석양에 물든다.

먼 곳의 들판에서

저 들로 도망오는 것들

태어나지 않은 것들만 노을에 휘감기며
저기, 저수지 안쪽에 입김을 토해낼 때
언제나 쏘다니기를 기뻐하던 소리 없는 바람은
자신의 힘줄을 일으킨 그 자리에서
생의 부질없음을 가르친다, 지붕은 불타오르고

언덕에 서 있는 한 그루 나무도
붉은 사랑의 빛이 가느다랗게 서편을 향해 누우며
세상의 길이 시간에서 시작되어 배반으로 끝나다
헛된 역사로 남는다는 것을 알 것이리니

다만 아직 태어나지 않은 것들이
바람과 언덕의 옆을 스쳐 지나가다 멈칫 나의 것
인 양
안쪽으로 스며들려 하지만 나의 것이었던 많은 것
들이

그 힘을 모아 그것들을 밀칠 뿐이다

사람의 몸으로부터 도망 나와 저 들판에 가득한
노을로 불타오르는 저 수많은
목소리를 누가 들을 것인가?

저 불길 한가운데서 한때는 자신의 것이었던 것들
을 위하여
누가 자신의 귀를 열어둘 것인가?

저기 저, 상한 외투를 입고 저수지를 서성거리는
여자가 노을 속에 천천히 잠기어가고

새로운 사랑에 눈빛을 반짝이며 사람들이
배반의 시간 속으로 걸어 들어갈 때

저녁의 음악회

밤은 저토록 천천히 오는가
창문 밖으로 들판이 끝없이 펼쳐진 교회에서
음악을 듣는다, 밤은 저렇게 더디 오고 촛불 아래
백발은 음을 불러일으키는가, 고요와 싸우며
피아노 건반을 정신없이 두들기는데 불현듯
집 앞의 식당과 복도와 서랍과 해야 할 일들이 복잡하게
엉켜오는데, 여기에 보낸 것들과 여기를
쫓아내는 것들은 무엇인가, 교회의 십자가
또렷이 제 있음을 알리며 한껏 성가로 귀를
덮게 하는데 깊이로 가는 것이리라 물의 중심으로
가는 것이리라 여기서 저기를 그리워하고 저기서
여기를 그리워하는 지저귐에 귀 기울여 마침내
방에 들게 하는 것이리라 가벼운 짐들과
풀어진 구두끈을 도닥이며 마음이 싸우고 있는 동안
피아노는 저녁을 넘어가고 멀지 않은 곳 수면을 도는
밤 구름 구슬픈 저녁의 음악을 넘어간다

눈동자로부터의 모험

정 과 리

허름한 책을 비집고 나온 한 올 연기는
전생을 감아올리다 흰 문장으로 가라앉는다
──「독신자들」 부분

운동성과 눈동자

독자가 박주택의 시를 읽을 때 그의 귀에 가장 먼저 울리는 것은 말의 운동성이다. 그 움직임은 운동량이 풍부한 활달한 움직임은 아니다. 그러나 그 움직임은 움직임 외의 어떤 것이 아니라서, 그의 언어는 이미 움직임을 말하고 있고 움직임을 말함으로써 스스로 움직이고 있다. 다만 순간적으로 스치고 지나가는 이상하다는 느낌을 자아내는 첫 시를 제외하고는.

문을 닫은 지 오랜 상점 본다
자정 지나 인적 뜸할 때 어둠 속에 갇혀 있는 인형
—「폐점」 부분

으로 시작하고 있는 첫번째 시는 처연한 정적과 답답한 여
운만이 남아 있는 듯이 보인다. 그러나 여기에서도 실은
이미 운동이 일어나고 있다. 이 두 행을 기술하고는 시인
은 이어서 곧바로

한때는 옷을 걸치고 있기도 했으리라
그러나 불현듯 귀기(鬼氣)가 서려오고
등에 서늘함이 밀려오는 순간

이라고 적음으로써, 이 정적의 배경에 감추어진 모종의
격렬한 운동을 짐작하게끔 한다. 그리고 이어서,

이 거리, 노래가 되다 만 빛들이
갈 곳을 잠시 잃어 가야 할 곳을 찾지 못한 사람과 섞인다
—「문득 나무 그늘 아래 저녁 눈 내릴 때」 부분

로 시작하는 두번째 시에서부터

밤은 저토록 천천히 오는가

창문 밖으로 들판이 끝없이 펼쳐진 교회에서
음악을 듣는다, 밤은 저렇게 더디 오고 촛불 아래
백발은 음을 불러일으키는가

—「저녁의 음악회」 부분

로 시작하는 마지막 시편에 이르기까지, 그의 시는 매우 육중히, 다시 말해 독자로 하여금 운동하는 육체의 전 질량을 느끼게 하면서, 움직인다. 이 움직임은 선험적이다. 즉 관찰에 앞서고 정의에 앞선다. 그것은 움직인다고 말하기 전에 이미 있으며 동시에 움직인다고 말한 이후에도 말의 제어권 바깥에 놓여 있다. 그래서 그것은 관찰하는 자에게 돌발적으로 닥친다. '불현듯' '문득' 등의 부사가 그 움직임 앞을 빈번히 가로지르는 것은 그 때문이다.

왜 이런 운동성어 두드러지게 나타나는가? 다시 말해, 이 운동성, 느리고 무거운 이 움직임은 우리의 실제적 삶과 무슨 연관을 가지는가? 다시 살필 기회를 곧 만나게 되려니와, 이것은 시인이 삶을 근본적으로 길의 형식으로 이해하고 있다는 사실과 조응한다. 첫 행의 적막한 부동성마저도 "작은 이면 도로 작은 생의 고샅길"(「폐점」)의 그것이고, 사람들은 대체로 "거리에서/바람이 어느 쪽으로 부는가를 가늠하"(「우리는 네거리에 있었다」)며, "생의 중심으로 차오르는 것들[을]/북부간선도로에서"(「건물들」) 본다. 그리고 시의 화자는 "천천히 대로를 걸으며 생각한다"(「그러므로 바람의 수기를 짓는다」). 이 길 안에서는 모든 것이 길을 따라 움직인다. 길 안에서라고 했지만 그 범위는 실상 주변으로 넘쳐난다. 그 길과 관계된 모든 것들은 길 바깥에 있을지라도 길 안에서처럼 움직인다. 보라, 산다는 것은 "자신으로 돌아가"거나 "돌아가지 못한 것들만 바다를 그리워"하는 일인데, "아주 먼 곳으로부터 걸어온 별들이 그 위를 비추"고 있고, "곧이어 어디선가 제집을 찾아가는 개 한 마리/[……]/어슬렁어슬렁 떫은 잠 속을 걸어 들어간다"(「시간의 동공」, 이상 밑줄은 인용자)에서 일어난 일이다.

그런데 다른 한편으로 독자는 이 운동과 성질이 아주 다른 또 하나의 '태도'가 시집의 처음부터 그를 압박하고 있음을 느낀다. 그 느낌은 제목에서부터 몰려온다. 시간의 "동공(瞳孔)"이라는 꽤 의도적인 어휘를 읽었던 것이다. 이것이 왜 의도적인가? '눈동자'로 바꾸어도 충분할 것 같기 때문이다. 실제의 시편들을 보아도 '눈동자'라는 어사는 시집 전체에서 아홉 번의 빈도수를 가지지만 '동공'은 표제 시가 된 시편에서 단 한 번 나온다. 이러한 사실은 '동공'이라는 어휘가 특별히 선택되었음을 암시하는 한편, 동시에, 그 암시에 의해 역으로 부추겨져 '눈동자'라는 기표가 이 시집에서 중요한 기능을 가지고 있음을 암시한다. 실로 '눈동자'는 매우 특이한 방식으로 출현한다.

(1) 뿌리를 만질 때 굴뚝 연기가 나오는 것을 본다
    푸른 눈동자였다 그때는 무엇이 숲 사이로 오는가
                          ―「저수지에 비친 시」부분

(2) 한 사람의 배경을 보라
    나무의 배경과 겹쳐 황금빛 항아리를 만드는
    저 결곡한 눈동자를 보아라   ―「배경들」부분

(3) 스치는 사람들 눈을 바라보는 짧은 순간
    그의 눈에 감긴다, 열렸다 닫히는 눈에 감겨
    아득하게 소용돌이 속 비명에 닿은 채 또한 눈이 내
리는
    거리를 걷는다 잎이 채 사라지지 못한 채 거리에 뒹
구는 것은
    불멸의 탓, 눈동자 속의 허기진 날개 탓
    이쯤해서 저지른 광기와 수치를 고백하련다
                          ―「저녁 눈」부분

(4) 위기의 기관으로 뻗은 저 길 저녁이면 불빛들이 모여
    눈동자를 삼키고 점점 몸이 불어난 사람들은
    날아오르는 새들을 본다   ―「강남역 사거리」부분

(5) 너 잠들면 네가 흘린 눈물에 들어 펄럭인다

펄럭거리며 네가 구하고 싶은 약을 찾아다니다 밤에
바친다
너의 검은 눈동자와 너의 맹세와 고른 치아들이
새벽을 응시하며 비를 의역하면서 내는 소리에
영산홍 그늘 사이로 꽃잎이 진다

—「영산홍」 부분

(6) 스스로 존중해야만 광폭함을 막을 수 있었던
시절들은 실감 없이 사라져가고 트럭에 실리는
짐들만이 영혼이 얼마나 먼 길을 걸어왔는지를 아는 듯
생을 마친 사람처럼 자신의 집에 눈동자를 묻는다

—「문틈에 바침」 부분

(7) 눈 안에 눈동자를 파묻고 휘장을 나부끼는 육체들 그
러나, 모두가 손아귀를 빠져나간 침묵들 길에서 만난
불안의 지느러미들로서 잎새를 갖지 못한 지팡이와 같
이 해쓱하다 운명에 긁힌 존재하는 것들의 마른 생애에
돋는 점들, 그 위를 더듬거리는 어스름한 눈동자들

—「점자」 부분

(8) 얼마나 많은 생각들을 강물 속에 던졌을까? 물의 혼
이 그것을 말해주려는 듯 파닥거린다 의자를 덮은 그늘,
제 몸속에 품고 있는 것을 잊으라는 듯이 매어 있는 것

134

들을 끊어버리라는 듯이 개를 끌고 가는 노인을 바라본
다, 의자의 눈동자 시계의 바늘을 세우며 강물에 주름진
눈망울을 닦는다   —「그림자들의 도시」 부분

(9) 나뭇잎 떨어지는 날에는 집에 있겠습니다
    쓸쓸히 집에 남아 도저히 밤이라면
    허공에 눈동자를 박겠습니다
    하여 밤을 노래할 것 아니겠습니까
                      —「가을 기도문」 부분

  (1)과 (2)는 제1부에, (3), (4), (5), (6)는 제2부에,
(7), (8)은 제3부에, 그리고 (9)는 마지막 제4부에 배치
되어 있는 시편들이다. 독자는 '눈동자'가 시집 전체에 산
포되어 있는 '끈질긴' 기표임을 알아챌 수 있으리라. 또한
동시에, '눈동자'가 아마도 이 시집의 서사적 구조에 깊게
관계하고 있다는 암시도 받았으리라. 이 암시는 (1)의 구
절을 재독하는 순간 거의 확신으로 바뀐다. 왜냐하면, '눈
동자'는 "뿌리를 만질 때"(「저수지에 바친 시」) 튀어나오
는 것이기 때문이다. 다시 말해, '근본'을 되새기는 순간,
'눈동자'는 출현하는 것이다. 아니, 시인이 바로 그 순간
눈동자를 요청한다고 말하는 것이 타당하리라. 뿌리로 향
하는 의지가 모종의 절박감을 수반하고 있다고 생각하지
않을 수 없기 때문이다. 즉 '눈동자'가 출현하는 이 사태

는 근본적으로 시인의 업무에 속하는 것이지 뿌리의 본성
에 속하는 것이 아닌 것이다. 그리고 시인의 업무란 생의
전복으로서의 언어적 실천, 즉 지나온 삶을 근본적으로
다시 살아보고자 하는 의도의 실행인 것이다.

불행의 계약

물론 그런 실천이 있으려면, 다시 살아야만 하는 까닭
이 주어져야 하리라. 첫번째 시편 「폐점」은 그 실행에 절
실한 까닭을 부여하는 매우 인상적인 사례를 보여준다. 제
목이 전하는 불길한 암시에 눈길이 깊어진 독자는, 시의
본문 안에서 가게의 여주인에게 돌연한 사고가 있었고, 그
로 인해 그때까지 오밀조밀 자족하였던 "작은 생"이 부서
지고 말았음을 읽고 마는 것이다. 이 어처구니없는 사태,
어이가 없어서 한없이 부당하게만 느껴지는 이런 재앙과
그 재앙으로 인한 생의 방치는 곧바로 안타까움의 심연 속
으로 사람들을 몰아놓고, 산다는 것 자체에 대한 근본적
인 물음의 자물쇠 앞에 직면케 한다.
　그러나 이 사건은 한 여인의 사건이다. 만일 눈동자가
시집의 도처에 편재해 있는 것이라면 한 여인의 사건이,
화자의 사건을 포함하는 다중의 사건과 같은 집합 속에 놓
여, 일종의 보편적 현상임을 느낄 수 있게 해야 할 것이

다. 삶은 그렇게 어처구니없는 재앙 속에 사로잡히고야
마는 것인가? 첫 시를 떠나면, 삶의 파국의 실제 상황을
선연히 '묘사'하고 있는 시는 잘 보이지 않는다. 다만 첫
시가 자아낸 것과 같은 느낌들이 '진술'의 형식으로 곳곳에
출몰해 있음을 알 수가 있다. 요컨대 삶의 부정성의 실상
은 모호하게 가려져 있으나 그 양태는 명료하게 지적되어
있다. 우선 그 부정성의 근본 꼴은 "여기가 감옥 〔……〕
지옥보다 더한 곳"(「이별가 2」)이라고 지시된 그대로이
며, 그 감옥의 근본 형식은, 앞에서 살폈듯 시인이 삶을
언제나 길의 형식으로 이해하고 있기 때문에, 사람들이
잘못된 길을 가고 있다는 인식이다. 사람들이 간 길, 가는
길은 "가지 말아야 할 길"이다: "비는 천천히 구르고 흔들
리며 사라지는/거리의 간판들도 몸도 없이/가지 말아야
할 길을 향해 천천히 흘러간다"(「물방울들의 후예」). 왜 가
지 말아야 할 길을 가는가? "오늘도 수많은 것들이 모여
다른 길로 흘러가게 하였다"(「강남역 사거리」)와 같은 구
절을 보면, 가지 말아야 할 길을 가게 하는 원인이자 가지
말아야 할 길을 가는 원본적 주체는 "수많은 것들," 즉 다
수성의 방식으로 파악된 인간군이다.
　박주택 시의 주제적 핵심은 바로 이 집단으로서의 인간
과 실존적 개체로서의 인간 사이의 불행한 얽힘이다. 후
자는 전자의 소속이 된다. 그래서 "저 싱싱한 다리는 아
주 기분 나쁜 팔자를 만나" "편성된 계급"으로 살아간다.

"유리창 너머로 들리는 꿈의 찰칵거리는 소리에/혹독한 운명이 자신의 것이 아니라고 부인하지만/평화가, 평화가, 나의 국가에서 울려 퍼지는 것이라고/저 시간은 벽 속에 도는 피에 빗대 저녁을 침묵시킨다."(「강남역」) 따라서 삶은, 아니 그에게는 모든 삶이 걷는 것이므로, 걷는 것은 모욕이다.

> 이것이 걷는 것이라면 발자국은 모욕쯤 되겠지
>
> ——「망각을 위한 물의 헌사」 부분

그러나 박주택 시의 결정적인 부정성은 '산다는 것'의 모욕을 넘어, 삶에 대한 어떤 종류의 의미화도 무의미한 짓으로 간주한다는 데에서 폭발한다. 현생 인류의 출현 이후 긴 시간 동안, 인간은 치욕의 극단에서 축복의 극단까지 별의별 삶을 다 살아왔다. 치욕의 극단에 놓일 때 인간을, '그럼에도 불구하고,' 살아가게 한 것은, 삶은 치욕일지라도 그 치욕의 삶을 살아내는 것은 아름다운 일이라는 생각이었다. 그 순간은 인간이 신에 가장 가까이 다가가는 순간이 되곤 하였다. 그러나 박주택 시의 화자는 그렇게 생각하지 않는다. 그에게 모욕의 삶은 절실할 때조차도 모욕이다. 그는 "솔숲으로 걸어간 눈과 싸움에서 돌아온/젖은 머리칼 〔……〕 이 모두는/기억하고 싶지 않은 것이다." 왜? "저 산 아래에 능선처럼 굽은/눈빛과 싸우

다 묻힌 사람의 혼령이/부질없"(「가을 말 사전」)다고 판
단하기 때문이다. 이런 시구는 또 어떤가?

　　자욱하게 명치끝을 울리면 진한 생이 있었다고
　　있을 것이라고 풍경은 쿨룩거리는데
　　자신이 만든 모든 것들이
　　자신에게 돌아오는 이 거리에서
　　남은 힘을 모아 나의 것이 아니라고
　　가로수 기둥에 기억을 묶는 밤　　　　　—「밤」 부분

그렇기 때문에 시의 화자는 단호히 말한다:

　길을 노래하는 자 불행했다
　　　—「문득 나무 그늘 아래 저녁 눈 내릴 때」 부분

　그가 그렇게 생각하는 한 그럴 수밖에 없을 것이다. 그
러나 길을 노래하는 사람은 불행했다지만, "길을 노래하
는 자 불행했다"고 '발성하는' 자는, 그 말이 노래인지 절
규인지 단순한 진술인지 알 수 없어도, 어떨 것인가? 그
또한 불행할 것인가? 그 또한 불행이라면 왜 그는 입을
여는가?
　이 질문에 답을 구하기 위해서 약간의 풀이가 필요할
것이다. 여기에는 일종의 인식론적 함정이 숨어 있다. 그

함정을 건너뛸 때 우리는 시적 화자의 발화의 필연성을 딛고 다시 모두에 제기했던 '눈동자'의 문제로 돌아갈 것이다.

우선, 첫번째 초점은 이 시집의 화자가 삶과 길을 동일화시키고 있다는 사실에 있다. 이 동일화의 기본적인 의미는 삶의 명사적 국면과 동사적 국면이, 다시 말해, 삶의 상황과 삶의 형성이 같다는 것이다. 이 인식은 박주택의 시에서 역설적으로 작용한다. 통상적으로 상황과 구성의 일치는 삶의 역동성을 강화한다. 삶은 어떤 확정된 상태라기보다는 부단히 움직이고 변화하는 과정으로서 존재하게 된다. 바로 그 점에서 박주택의 시 역시 끊임없이 움직인다. 그러나 그 움직임은 그 변화에 대한 본능적인 기대와 정반대의 방향을 가지고 있다. 즉 그의 시적 움직임은 안락과 풍요와 기쁨을 향해 있지 않고, 고통과 가난과 환멸을 향해 있다. 그 방향은 근본적으로 시간에 대한 박주택의 인식이 재앙적이라는 것을 가리킨다. "시간의 젖은 늘어지고 시간으로부터 걸어나온 환멸만이/거리를 메운다"(「독신자들」).

시간의 재앙성, 그것은 모든 '이후'가 '이미'에 의해 포박된다는 것을 가리킨다. 산다는 것 일체는 재앙의 검은 구멍 속으로 빨려 들어간다. 그 '이후'에는 단순히 삶의 연장선상에 있는 미래만이 있는 것이 아니다. '이후'는 언제나 차원의 이동을 포함한다. 차원의 이동이라는 의미에서 '이후'에는 시간의 연장만이 있는 게 아니라 과거에 대한 분석과 해석을 포함한 모든 재구성의 절차들도 들어 있다. 과거의 해석은 이미 '다른 삶'이라는 뜻으로서의 미래이다. 그런데 시간의 재앙성은 바로 그 모든 '이후'를 빨아들여 '이미'로 만들어버린다. 모든 해석은, 다시 말해 삶을 위한 모든 노래는, 미래라는 뜻을 잃고, 무화된다. 그것이 삶의 명사와 동사의 일치를 역설적으로 구성한 박주택 시의 첫번째 비밀이다.

두번째 표지는 "길을 노래하는 자 불행했다"는 언술 자체에 숨어 있다. 독자는 앞에서 이 시구를 두고, 길을 노래하는 자 불행했다고 말하는 자는 불행한가, 아닌가를 물었다. 그런데 그 물음이 중첩될수록 더욱 확실해지는 사실이 있는데, 시집의 장 내에서 어쨌든, 불행이라는 결과와 무관하게 길을 노래하는 자가 있었고, 그렇게 노래하는 자에 대해 또한 진술하는 자가 있다는 사실이 그것이다. 물음이 지속되려면 그 사실들은 사실들로서 남아야 한다. 그렇다는 것은 바로 독자의 물음이 또한 저 마지막 진술에 중첩되는 또 하나의 진술, 불행의 보탬이라는 것을 가리킨다. 다시 말해, 우리는 길을 노래하는 자가 불행했다고 진술하는 자도 불행하지 않은가, 라고 말하는 우리의 물음이, 궁극적으로 '불행했다'라는 결론을 향해 나아가는 한, 그 역시 불행의 회로에 갇힐 수밖에 없게 됨을 깨닫는다. 그것이 '불행했다'라는 진술에 책임을 지는 일이기 때문이다. 불행은 실존적 사건으로 이행될 수밖에 없는 것이다.

길을 노래하는 자 불행했다고 말하는 자도, 불행했다고 읽는 자도 불행하다! 이것은 불행의 계약이다. 왜 계약이냐 하면, 불행하지 않을 수도 있었기 때문이다. 전 시편들에 걸쳐서 불행의 필연성을 '증거'하는 다수의 물증은 없다. 다수의 물증은 없는 대신, 시인은 다수성의 존재 자체를 불행의 원인으로 지목한다. 그 원인을 수긍하는 자는, 다시 말해, 개별성의 주체가 되는 데 내기를 건 존재는, 그 불행의 운명에 자발적으로 자신을 구속시키면서, '진술'하고 '불행'해야 한다. 그렇다면 누군가 물을 것이다. 다수의 증거에 의해서 뒷받침되지 않는다면, 이 불행의 운명에 어떻게 동의할 수 있으며, 더욱이 이 불행의 계약에 수결을 하는 게 어떻게 정당하다고 할 수 있는가?

이 질문은 근본적이다. 이것은 시적 행위 자체를 문제 삼는다. 독자는 앞에서 '서시'의 역할을 하는「폐점」이 이 질문에 대한 하나의 예증을 제시했음을 보았다. 한 여인의 불행은 다수의 무시 혹은 무지 속에서 점차로 잊혀가고 그녀가 남긴 흔적들은 썩고 폐허화되었다. 시가 그것을 외면할 수 있는가? 그러나 동시에 독자는 이 하나의 사례를 다른 증거들이 지원하지 않는다는 점도 확인했다. 묘사 대신 사태를 이미 판단한 진술이 편재했음을 확인했다. 만일「폐점」에 집중한다면 우리는 이렇게 말할 수 있다.

시는 그 무엇이든 모든 부당하고 불행한 사태를 '애도'하
거나 '고발'한다. 아니, 그뿐만이 아니다. 시에서 그 모든
사태들은 언제나 유일무이한 사태들이다. 그런데 시의 입
장에서는 그것들이 유일무이한 사태이니까 외면할 게 아
니라, 오히려 유일무이한 사태이기 때문에 그것들 각각에
전심전력해야 한다. 왜냐하면 유일무이한 사태야말로 가
장 실존적인, 다시 말해 어떤 일반적 해석으로도 환원되
지 않는, 삶의 진면목을 보여주기 때문이다. 시의 화자가,
이어서, 시의 독자가 선택하지 않을 수도 있는 불행의 계
약에 서명을 하는 건 그 때문이다. 그때 서시의 존재이유
는 시의 존재이유이다. 시는 희귀성과 유일성과 결코 해
석되지 않는 것에 헌신한다. 그러나 만일 우리가 다른 시
들로 눈길을 돌린다면, 「폐점」의 존재증명은 위태로워진
다. 박주택 시집의 또 다른 묘미는 이 첫머리의 위태로움
을 시집의 전개가 어떻게 견뎌내는가의 문제에도 있다. 이
점에 대해서는 곧 다시 말해지리라.

저이들의 눈빛으로

여하튼 불행의 계약에 수결한 자는 '불행'해야 하며, '진
술'해야 한다. 이 '불행'하고 '진술'해야 하는 존재는, 모
순된 이중의 행동강령을 쥐게 된다. 한편으로 그는 불행

의 고리 속에 뛰어들어야 한다. 불행을 읽는 자로부터 읽
는 자의 불행으로 이동해야 한다. 그런데 불행을 노래하
고 불행을 말하고 불행을 읽는 것은 불행을 이겨내기 위해
서이지 불행을 즐기기 위해서가 아니다. 이 모순된 이중
적 행동강령은 각자 폐쇄된 채로 서로에게 끼어 있는 고리
와 같다. 그 둘은 장력으로 긴장하지 소통하지 않는다. 장
력으로 긴장할 때 그 둘은 서로를 해소하지 않는다. 불행
을 이기려는 의지로 불행을 감소시키지 않고 불행으로 의
지를 감퇴시키지 않는다. 바로 그렇기 때문에 두 개의 행
동강령은 팽팽히, 다시 말해, 실존적으로 팽창한다. 불행
은 실감을 지속하고 이기려는 의지는 점점 꿈틀거린다. 그
러나 팽창의 끝에서 폭발하지 않으려면 팽창은 어느 순간
정지해야 한다. 아니 좀더 정확하게 말해 팽창의 운동을
다른 운동으로, 혹은 에너지로 변환시켜야 한다.

'눈동자'가 바로 이 자리에 요청된 것은 틀림없어 보인
다. 왜냐하면 바로 이렇게 기술되어 있기 때문이다.

잘 가라고 시간을 얼러 잘 가라고
바람 부는 쪽을 향해 불어터진 울음이 가고
숲으로나 갔을까 그때 한번쯤은 눈빛을 불렀어야 했다
이토록 겨우 똑같은 말투에다 상상에 멀지 않은
발자국들 때문이라면 때때로 네거리에 서 있는
그림자를 불러 옷깃을 세워주었어도 좋았을 것을

그러나 어떠했는가

어두운 말에서 자란 머리카락이 길고 긴 계단과 부닥칠 때

여름은 주름에 섞여 발자국이 흐리고

여자들은 서둘러 화장을 지우며 늙은 잠 속으로 내려가고

거리들은

몸을 바꿔 추억들을 씻는다

—「우리는 네거리에 있었다」 부분

이 장면은 잘못 간 길과 잘못 간 길에 대한 불행한 노래와 그 불행한 노래에 대한 불우한 추억을 고스란히 재현하고 있다. 이 불행의 중첩 맨 앞에, 시의 화자는, 하나의 조건 구문을 붙인다. "한번쯤은 눈빛을 불렀어야 했다"고. 만일 그랬더라면 아주 작게라도 무언가 달라졌을 것이다. 그러나 "어떠했는가?" 운명처럼 기술한 나날이 그대로 진행되었다.

독자는 이미 앞에서 '눈동자'가 뿌리를 더듬을 때 출현한다는 걸 보았다. 앞의 시구와 저 기억을 맞추어보면, '눈동자'는 잘못된 길로서의 삶에 대한 근본적인 돌이킴을 요구하는 장치로서 출현한 것이라고 짐작할 수 있다. 독자가 바로 이어서, 그렇다면 '눈동자'는 일종의 초자아의 역할을 하는 것인가? 라고 묻는 것은 아주 자연스럽다. 그리고 다시 이어서, 만일 그렇다면, 이미 사태가 저질러지

고 난 이후에 뒤늦게 출몰한 초자아가 무슨 역할을 할 수 있을 것인가? 라는 의혹을 품는 것도 자연스러운 일이다.

이 질문은 핵심을 짚었기도 하면서 동시에 핵심의 핵심을 놓치고 있다. 우선 핵심을 짚었다는 것은 '눈동자'의 출현이 거의 무의식적인 반응이며, 따라서 이것은 뒤늦은 탄식 같은 역할을 한다는 것이다. 뒤늦은 탄식이 무슨 소용이란 말인가? 소 잃고 외양간 고치면 소가 돌아오는가? 그러나 핵심의 핵심을 놓치고 있다는 것은, 저 눈동자가 단순히 눈을 부릅뜨기 위해서 출현한 게 아니라는 점을 읽지 못했기 때문이다. 실로 눈동자는 출현할 때 이미 무언가를 만들어내고 있다. 지금 당장 몇 쪽을 거꾸로 넘겨 (1)과 (2)의 시구를 보라. 눈동자가 출현하면, 무언가가 "숲 사이로 오"고 있고, "한 사람의 배경"에서 돌출한 눈동자는 "나무의 배경과 겹쳐 황금빛 항아리를 만"들지 않는가? 눈동자는 저질러진 과거를 심판하기 위해 나타나는 게 아니라, 무언가를 생성시키기 위해 온다. 그런데 도대체 무엇을?

이 눈동자가 어떤 특별한 무엇을 만들어내는 마술을 부리지는 못한다. 따라서 언뜻 보면, 눈동자와 더불어 출현한 것은, 잘못 간 길의 실제적인 양태들처럼 보인다. 그것들은 "아득하게 소용돌이 속 비명에 닿은 채 또한 눈이 내리는/거리"이거나 "산중에 도사리고 있는 뱀과 같이〔저무는〕노을"(「저수지에 비친 시」), 혹은 "눈동자를 삼키고 점점 몸이 불어난 사람들"(「강남역 사거리」)에 불과한 것처럼 보인다. 그러나 아니다. 그 양태들은 물론 사라지지 않는다. 눈동자의 출현은 그러한 잘못 간 길의 상황에 대한 응시를 "현재의 자신과 과거의 자신이 싸우며 나지막하게 떠는"(「저수지에 비친 시」) 사태로 만든다. 앞에서 독자는 잘못 간 길의 원인을 '다수성' '다중' 집단으로서의 삶에서 찾았다. 그것은 단수성과 유일무이한 실존을 바깥에서 위협하여 파괴시킨다. 그러나 눈동자가 출현하면 그게 아니다. 그 다수성은 바로 단수성과 유일무이한 실존성으로서 간주된 자기 자신으로부터 솟아난 것이다. 때문에 눈동자는 불행을 증거하는 게 아니라 "저지른 광기와 수치를 고백"(「저녁 눈」)케 한다.

그때 눈동자는 "황금빛 항아리"이다. 이 반짝이는 이미지가 암시하는 것은 잘못 간 길을 "광기와 수치"로 변환하면서 그 흔적들과 파편들을 자신의 가슴 안에 모둔 화자의 모습이다. 그렇게 잘못된 생의 자취들은 화자 안에 간직된다. 간직되면서 고백되고, 정화되고, 정화되면서 화자의 변화를 유발한다.

박주택 시의 아름다움은 우선 바로 이 잘못된 생애가 정화되는 광경 속에서 솟아난다. 보라,

모두가 손아귀를 빠져나간 침묵들 길에서 만난 불안의 지
느러미들로서 잎새를 갖지 못한 지팡이와 같이 해쓱하다 운

명에 굵힌 존재하는 것들의 마른 생애에 돋는 점들

—「점자」 부분

이 "불안의 지느러미들"로부터 "마른 생애에 돋는 점들"로
변신하는 과정에서 돋아나는 저 애쓰는 몸짓들. 점들은
결과로서 돋아난 게 아니라 변신의 과정 자체인 것이다.
혹은

비련을 받아들이고 있는 술집처럼
차라리 뼈에 새겨지는 고적을 홀로 울게 하리라

—「수염」 부분

에서처럼 비련의 사랑이 홀로 우는 고적으로 바뀔 때, 그
것을 감당해야 할 이의 마음은 '비련'의 음가 그대로 떨 것
이다.

그런데 잘못된 생을 내 안에 모두어가는 이 정화와 회
개의 과정은, 단순히 시적 화자로서의 '자아'의 변모만을
유도하는 게 아니다. 만일 잘못된 생이 나의 광기로부터
유래된 것이라면, 저 다수성의 관념이 내 안에서 태어난
것이라면, 실제의 다수성은 바로 소중히 보듬고 재생시켜
야 할 "마른 생애에 돋는 점들" 바로 그것이 아닐 것인가?
과연, '나'는 말한다.

이토록 생을 그르친 까닭은 흙을 딛고 올라서는 것들에
게서
꿈을 볼 수 없었고 가지 않은 길에 날개가 있었다고
믿었기 때문이다. 그러나 부리나케 달려온 마음의 자취
에는
앞질러 온 길만이 노곤한 육체를 다독거릴 뿐
—「주름의 수기」 부분

참된 생은 "가지 않은 길"에 있지 않고 바로 '이곳'에 있
다는 것, 따라서, "흙을 딛고 올라서는 것들에게서/꿈을"
보아야 한다는 것이다. 그때 저 폐허화된 삶은 "깨달음을
가르쳐준 낮은 물들"로서 재인식되고, "오직 깨달음을 가
르쳐준 낮은 물들은/이제 그 눈빛을 거둬 별에 저장을 시
작"(「주름의 수기」) 한다. 비로소 존재와 의미가 그들 안
에 깃들기 시작한다. 그로부터 이런 수일한 이미지가 태
어난다.

봄은 어금니를 느리게 움직여
잎사귀를 갉는다 사람들 사이로 글자들이 떠다닌다
—「그림자」 부분

여기까지 오면, '서시'의 유일무이한 사건은, 이제 그에
대해 침묵한 존재들에게로 전파되어야 한다. 그들이 침묵

한 것은 외면해서가 아니다. 오히려 그들의 침묵을 비난하는 눈이 그들로 하여금 그 외로운 사건에 눈길을 돌릴 통로를 열지 않았기 때문이다. 그들에게서 꿈을 보아야 한다면, 꿈을 보고자 하는 자가 꿈을 발동시킬 의무가 있는 것이다.

여기가 마지막일까? 아니다. 독자는 방금 "그들의 침묵을 비난하는 눈"이라고 말했다. 이 말은 시집의 문턱에 놓인 '눈동자' 자체를 문제 삼는다. 즉 이 말은, 시적 모험의 첫머리에서 눈동자가 나름의 필연적인 요청에 의해 출현하였으나, 그 직무를 이행하는 가운데, 어떤 왜곡을 자행하고 말았다는 점을 가리키고 있다. 그 왜곡은 방금 보았던 대로, 이승의 길과 가지 않은 길의 나눔이며, 다수성과 유일성의 분할이었다. 눈동자가 그 왜곡의 근원이라고 한다면, 그러나 동시에, 그 왜곡이 각성되어온 과정 역시 눈동자의 기능이 발동된 동안이었으며, 그 기능의 발동이 없었다면 그 각성 역시 없었을 것이다. 즉, 눈동자는 왜곡의 근원이자 동시에 각성의 실질적인 실행자이다. 그리고 그렇다면, 이 눈동자는 자신의 기능을 행사하는 가운데, 스스로 변형되어감으로써만 그렇게 할 수 있었던 게 아닐까?

과연, "의자의 눈동자 시계의 바늘을 세우며 강물에 주름진 눈망울"(「그림자들의 도시」)이라고 한 시는 말한다. 의자에 앉아 잘못된 생을 뚫어지게 바라보던 눈동자는

"시계의 바늘"을 세우는 가운데, "강물에 주름진 눈망울"
을 발견한다. 그러니까 이중의 변화가 여기에도 있다. 눈
동자와 눈망울 사이에 주체가 달라졌다는 것이 첫번째 변
화이다. 즉 최초의 눈동자는 오직 '나'의 그것이었으나,
이제 다수성의 존재, 즉 "흙을 딛고 올라선"(「주름의 수
기」)것들을 인정한 뒤, '나'의 눈동자는 '그들'의 눈망울로
바뀌어간다는 것이다. 다음, 눈동자는 눈망울로 변한다는
것. 다시 말해, 사태를 굽어보는 눈으로부터 사태 내부의
존재들이 서로를 지켜보는 눈, 즉 사태 그 자체의 눈으로
바뀐다는 것이다. 그러니, 그 눈망울은 이어서 다수성의
존재들의 삶 그 자체로부터 피어나오는 '빛'으로 더 변한다.

숨통에서 작디작은 숨을 고르기도
할 것입니다 저 서 있는 나무들의
현기를 보십시오 왜 흐르거나
걷고 싶지 않았겠습니까?
—「강과 나무」 부분(밑줄은 인용자)

에서처럼 말이다. 이제는 상황 자체가 눈빛이다. 때는
"공기가 금빛 즙을 흘리는 저녁"(「그림자」)이다.

독자가 시집의 문을 열면서 화자의 '눈동자'라는 핵자를
만난 이후, 시집의 시청에까지 다다랐을 때 마침내 그가
만나게 되는 것은 상황 혹은 대상들의 눈빛이었던 것이다.

눈동자의 모험은 그렇게 자기를 열어 세상의 어둠을 보고, 다시 자기를 부수어 세상이 스스로 빛을 다는 행위에 제 힘을 보태는 것이다.

왜 동공인가

글을 마치며, 독자는 줄곧 손안에 감추어두고 있었던 퍼즐 조각을 꺼낸다. 지금까지 독자는 '눈동자'의 모험을 보았다. 그런데 시집의 제목은 『시간의 동공』이다. 왜 '눈동자'가 아니라 "동공(瞳孔)"이란 말인가? 이 수수께끼는 풀기가 어려운 듯하다. '눈동자'가 발성하기 힘든 발음인 것도 아니고 게다가 본문에서 '눈동자'는 열 번이나 나오는데, '동공'은 딱 한 번밖에 나오지 않는다는 점을 고려한다면 말이다. 그러나 수수께끼의 진정한 멋은 정확한 해답을 찾아내는 데에 있다기보다 불가능한 해를 맴도는 가능한 대답으로서의 공안(公案)들을 던지는 놀이에 있다고 한다면, 독자는 기꺼이 다음과 같은 제안을 풀이로서 제시할 것이다. 즉 '동공'은 '공동(空洞)'과의 말놀이를 위해 출현한 것이라고. 그리고 이때 공동은 눈동자의 그것, 즉 텅 빔으로서의 눈동자를 가리키는 것이라고. 이러한 풀이는 역시 이중적으로 이 시집에 관여한다. 우선, 그것은 최초의 눈동자가 눈멂의 사태에 이르게 되는 과정을 암

시한다. 다음, 그것은 처음에 '맹목'으로 지시되었던 다수
성의 존재들이 실은 스스로 눈빛을 빛내는 존재들이라는
깨달음으로 이행하는 과정을 암시한다. 그러니 '공동'과
'동공'은, 이 시집의 눈동자가 겪은 모든 모험의 전 과정
에 요철의 굴곡을 형상으로 그리며 생성과 소멸을 번갈아
되풀이하고 있다고 말할 수도 있는 것이다. ▨